舟を焼く
—————————— 宮本輝 ——————————

烧　船

〔日〕宫本辉 著　信誉 译

人民文学出版社
PEOPLE'S LITERATURE PUBLISHING HOUSE

著作权合同登记　图字 01-2024-6179

宫本辉
烧船

MUNE NO KAORI (collection of stories)
by MIYAMOTO Teru
Copyright © 1996 MIYAMOTO Teru
All rights reserved.
Originally published in Japan by Bungeishunju Ltd.
Chinese (in simplified character only) translation rights
arranged with MIYAMOTO Teru, Japan
through THE SAKAI AGENCY and BARDON-CHINESE MEDIA AGENCY.
Simplified Chinese translation copyright © 2020
by Shanghai 99 Readers' Culture Co. , Ltd.

图书在版编目(CIP)数据

烧船/(日)宫本辉著;信誉译.—北京:人民
文学出版社,2020(2025.1重印)
　(短经典精选)
　ISBN 978-7-02-015958-1

　Ⅰ.①烧… Ⅱ.①宫… ②信… Ⅲ.①短篇小说-小
说集-日本-现代 Ⅳ.①I313.45

中国版本图书馆 CIP 数据核字(2019)第 297661 号

总 策 划　黄育海
责任编辑　卜艳冰　周　展

出版发行　**人民文学出版社**
社　　址　**北京市朝内大街 166 号**
邮政编码　**100705**

印　　制　**凸版艺彩(东莞)印刷有限公司**
经　　销　**全国新华书店等**

开　　本　**890 毫米×1240 毫米　1/32**
印　　张　**4. 25**
字　　数　**76 千字**
版　　次　**2020 年 9 月北京第 1 版**
印　　次　**2025 年 1 月第 5 次印刷**

书　　号　**978-7-02-015958-1**
定　　价　**49. 00 元**

如有印装质量问题,请与本社图书销售中心调换。电话:010－65233595

SHORT CLASSICS
短经典精选

目录

浮 月

四吨的钓船开动了，离开月色中的港湾，往西边的海上驶去。

御庄湾的水面很平静，不过出了湾，海水的流速就变得很快了。随波逐流的话，在一些时候甚至可能会被冲到丰后水道去。

船停在了两道海流的交汇处。

"都这么晚了，就别再往前面去了。"中先生说着，熄掉了引擎。

昨天我和中先生一起趁着晨光去钓笠子鱼。那个时候看到的无数个海上浮标只不过是一个个黑色的橡胶制品而已。不过现在，在月光下望去，它们仿佛化为了一个个相貌各异的人头。

"月色真好啊。去年中秋就下雨来着，前年也是个阴天。"

中先生下了船锚，把一坛还没开封的酒放在我面前。是我邀他说，要不要夜里到海上赏一赏中秋的满月。于是晚上九点钟刚过，我们就从旅馆出发了。

御庄湾是这一带数一数二的珍珠贝养殖场，所以港湾正中整齐地排着木筏。在夜里把船开出来在这一带转来转去说不定会被人觉得形迹可疑，所以中先生就提前到御庄湾的渔业公会打了招呼。

中先生出生在南四国的城边町，是一家从战前就开始经营的料理旅馆的继承人，三十岁的时候他继承了父亲的事业，今年五十二岁了。他血压有些高，医生禁止他饮酒。这个人虽然看上去很是单纯豪爽，但实际上，他总能注意到别人细微的表情变化，有时甚至会意外地显得有些冷漠。邀他的时候，我本以为他会婉拒的，不过他却笑着回答说：

"夜里到海上赏月啊……还是蛮别致的嘛。"

中先生今早驾船出海，钓来了三尾足有三十多厘米长的笠子鱼。他把鱼做成薄切刺身装在碟子里，和一坛酒一起带到了船上。我们喝着酒，把笠子鱼刺身当下酒菜，蘸着酱油吃煮好的鱼肝。

满月还悬在南方的低空。海浪并不汹涌，北方的海面上远远传来了汽笛声。

我问那是不是宇和岛和别府之间的渡轮的汽笛。中先生摇摇头，回答说，渡轮的声音在这边是听不到的。不过，傍晚从别府出发的渡轮，再过四十分钟左右就抵达宇和岛港了。美幸就是从福冈出发到别府，再在那里乘渡轮，然后从宇和岛打车到我住的城边町的旅馆。

两周前美幸知道自己怀了我的孩子。她说要和自己最好的朋友商量一下，就从东京出发去福冈了。据说那个朋友比我大两岁，不过名字、工作，还有是男是女，我都不知道。

"今天那个要住进来的人，难道是你的太太？"

中先生一边往我的杯子里添酒一边半开玩笑地说。

我没有把视线从月亮上面移开，只是暧昧地微笑：

"她比我整整小十岁呢。"

"三十六岁啊……那还在可怕的年纪呢。"

"嗯，很恐怖的。"

"森先生，今天一整天，你老是叹气啊。"

他说。我转过头，瞥见他额头的大颗汗珠，问：

"叹气？我吗？"

按他的说法，我今天结束工作回到旅馆后，一直低着头，深深地叹了几十次气。

"我老婆说，你的工作明明进展得很顺利，为什么老是叹气呢？然后就突然听说今天晚上有个客人要来。哈哈，这下我老婆和我就都懂了。"

中先生竖起一根小指来，又从保温箱里面拿出了冰好的麦茶。

再过一个半小时美幸就该到了。我给她写了张便笺放在了房间的桌子上。不过上面写的并不是中秋夜到海上赏月，而是"旅馆的老板非要拉我出门夜钓，最迟也会在十二点之前回来，你先去洗澡吧"。

附近的海面上响起了很大的声音。我和中先生都扭头望去，不过只看到水波散到了这边来，其他的什么都没看见。不过，水浪渐渐消失后，我看到那轮满月已经映在了离我们大概有五十米远的海面上，甚至比天空中的那个月亮还要大。

中先生说，战争的时候，这附近的海湾，从宇和岛港到高知的宿毛湾一带吧，有一个基地，好像是特殊潜水艇基地还是自杀式鱼雷基地。

"自杀式鱼雷？"

"叫'回天'的玩意儿。这边搞得跟珍珠港似的，都用来进行军事演习了。然而在这里训练的那些年轻士兵都没上战场。还没来得及上阵就战败了。不过呢，训练的时候有一回操作失败了，那个鱼雷没有收回来。大概十年前，它被拖网给套住了。那个'回天'里面有个不怎么起眼的东西，好像是用三合板做的，但是其中塞满了威力很大的火药。爆炸的时候，海水被炸起来足有十米高。拖住它的那艘渔船一下子被炸飞起来十五米高，最后底朝天摔了下来。"

我望着静静的大海出神，思索着我那卧病在床的老母亲的事，仿佛自己正置身于四国最南端的一个巨大的沼泽中。

三月份的时候母亲因为轻度脑梗住院了。妻子说，如果医院的看护照顾得不好，没准反而会缩短老人的寿命，于是六月的时候，母亲出院回家，躺在老人床上，从进食到排泄都由妻子打理。除了睡觉之外，她整天都在看电视。脑梗塞又引发了老年痴呆症，这个病的症状受她的身体状况和天气的影响特别大。那天和美幸打完电话还不到半个小时，妻子就打来电话，说母亲的情况和之前都不太一样，要我尽早回家。

妻子哽咽地告诉我，八十岁的母亲坚信自己的肚子里怀着婴儿。然后，她还认为自己的儿媳要杀掉这个孩子，所以不让她碰自己的身体……

"婴儿？为什么她会这么想？"

我问。妻子说，四五天前母亲排便不畅，也几乎没放屁。请来医生进行治疗后，不但什么都没排出来，母亲的肚子反倒膨胀了起来，好像里面装了个大西瓜。除了能喝水之外，她什么都吃不下了，看起来也很痛苦。于是妻子想给她做热敷按摩，但母亲却说，那样的话，她肚子里的孩子就会死掉的。

妻子对她说："妈妈，你肚子里的不是孩子。里面全是积着的粪便和气体。所以啊，要做一下热敷按摩，努力把它们排出来。这样的话心情会变好，也就能吃饭了呢。"

结果母亲用她能活动的右臂撞向妻子胸口，说，你要对我的孩子做什么，一边用憎恶的目光狠狠瞪着她。

妻子实在一筹莫展了，又把医生请来劝说，但母亲十分顽固，她不停地挥舞着右臂，仿佛在说"谁都别想碰我的孩子"。她的力气大得超乎想象，把医生的眼镜框都打坏了……

我想起来，挂掉妻子的电话之后，自己确实深深地叹了四五次气。虽然必须要尽快回东京的家，但我又约好了在这里的旅馆同美幸见面。我不知道该怎么通知她这件事。美幸说她在福冈的朋友家里，不过我问过好几次，她都不愿意把朋友家的电话号码告诉我。

我和美幸的关系进一步深入的时候，我佯装玩笑地问她：

"如果有孩子了，怎么办？"

美幸也用半真半假的语气说：

"有了就生下来啊。"

就算孩子生下来我也不会认；就算妻子知道这件事要和我离婚我也不愿意和美幸结婚；不过，我会一直负担美幸和孩子的生活费。这些话，我反复说了好多次。

两周前，美幸打电话告诉我她怀孕了。她在电话里说，她会把孩子生下来，说自己会遵守约定，一辈子都不会把这件事告诉我的家人。但我并不觉得这种承诺会一直不被打破。人的心会在不同的人生阶段如何变化——这种事，无论是怎样靠不住的男人，等他到了四十六岁也都会明白的。

不过我却很相信美幸。她很自律，从不说别人的闲话，别人不说的事情她也从来不问。二十七岁的时候，她在一家很大的建筑公司做设计师，主要负责室内设计。二十八岁的时候她有了自己的事务所。之后她渐渐把目标集中在咖啡店、饭馆和时装店上，专门为这些场所的开业或装修提供专业的设计方案。

她从来不会高调宣布自己的决定和心意，但也从不示弱。所以我觉得我和她在性格上还是很相配的。

所以像中先生说的，我今天在自己没意识到的时候深深地叹气几十次，那应该是出于对妻子的负罪感吧。妻子作为儿媳，几乎不眠不休地照料自以为怀孕的八十岁的婆婆，这一点即使是亲生女儿都难以做到吧……

我已经醉了。中秋夜的满月一点一点地移动，越来越接近我们正上方的位置了。海面上映着的月亮也随之离我们更近了。

"笠子鱼的肝真好吃啊。"

我对中先生说。

"明天我给你做更好吃的。明早起来我会用杵做饭，动静太大可能会吵醒你。今晚可不要和女人缠绵到太晚哦。"

我苦笑。又问他，用杵是要做什么吃的。

"做毛蟹。"

"毛蟹？就是那种河蟹吗？"

中先生说是，又说，城市里的人都不懂得什么东西好吃。

"做那个菜是很残忍的啊。要把活着的毛蟹直接用杵捣碎，然后连壳带黄滤一下，和豆腐拌在一起煲汤。毛蟹必须得是活着的，死的不行。要让捣碎的螃蟹成型，所以豆腐得用那种卤水豆腐。哎，你吃一回试试。这才是真的好吃的东西。"

"连蟹壳都要捣碎吗？"

"啊呀，就用杵反复地捣，一直捣成粉末。然后过滤。所以是不会吃到那些残余的壳子的。"

这时候，船上的对讲机传来了中先生妻子的声音。中先生拿起话筒问道：

"什么事？"

那边说，我妻子打电话来了，希望我尽快回电话。中先生挂断对讲机，没说话，去发动了引擎。他们夫妻都知道我母亲的情况。

从御庄港到旅馆坐车只要十分钟左右，不过对我来说，这十分钟也十分漫长。下船的时候我问中先生，附近有没有熟人可以借到电话。

中先生大口喘着气，跑进一个到处都是野猫的泛着鱼腥气味的巷子，推开了第二户人家的门。

"是我小学时的朋友。"

他对我说，然后朝着里屋喊道：

"喂，有急事。让我往东京打个电话。"

电话就在狭窄的玄关里的鞋柜上。

"随便用。"

隔扇后有个男人的声音说。没有人出来。我拨动那个老式电话机的拨盘，二儿子接了电话，不过，我马上就听到了妻子的声音。

"出来了，出来了，出来了啊。妈妈的肚子恢复原状了。"

妻子用亢奋的声音说，医生出了个主意，用稍微强效的安眠药让母亲睡着，然后再给她做热敷按摩。母亲排出了很多粪便和气体。

"还在排泄呢。妈妈的床上全是粪便。我的手上脸上也都是。"

妻子笑着说。

我问她，母亲是不是因为安眠药的作用还在睡着。

"半小时前就醒了呢。"

"她没提肚子里的那个'孩子'吗？"

"什么都没说。"

"你没问她吗？妈妈没觉得是你趁她睡着的时候把她的孩子杀死了吗？"

"不是说那个的时候呀。到处都是粪便啊。我把窗户全打开了，还开了两台电风扇……"

随后妻子用一副胜券在握的语气说，妈妈的身体还好得很，还说她至少还能让母亲再活三年。

"谢谢。"

我对她说。我告诉她这边的工作也很顺利，明天就和当地的客户签订临时合同，之后就坐飞机回东京，然后挂断了电话。

"喂，往东京打了十二分钟电话，电话费要多少啊？"

中先生弯着腰，双手撑着坐垫，问隔扇后面的朋友。

"哎，不知道，电话费就算了，来喝一杯再走吧。"

"那就欠着了啊。"

我也随着道谢，又走回了来时的那条黑暗的巷子。我看了看手表，又望了望通往宇和岛的国道，随后把电话里的事情告诉了中先生。不过没提母亲说自己肚子里有孩子的事情。

"那就好。"

中先生说着，用手帕擦了擦头上的汗，问我，赏月怎么办。

"是啊，鱼肝还有剩下的呢，酒也只喝了一合①左右。"

不过也没有再度乘船出湾的心情了。我正琢磨着之后该怎么办，这时候中先生提议说，等那个女人到了再去赏月怎么样。

"哎，她身体可能不太好，也许不愿意坐船……"

"海面这么静，连浪都没有。我去跟刚才那个朋友借条船，把

---

① 容积单位，十合为一升。

你们送到海湾口那边我就坐着他的船回来喝酒。一小时后再去接你们。"

为什么中先生这么想让我和美幸坐他的船再去赏月呢。

今天晚上我们也没有赏月的心情啊。不知道美幸是不是真的决定了要把孩子生下来。如果要生的话，又要怎么把孩子养大呢……

有太多要商量的事情了，搞得我自己也举棋不定。

回到城边町中先生的旅馆，我在屋里低着头，一边等美幸来，一边想着，母亲肯定是来日无多了。虽然妻子说会让母亲再活三年，不过我觉得，母亲能熬得过今年就很不错了。因为，母亲肯定不会让这个一直照顾自己的、比亲生女儿还要亲的儿媳操劳太久的……因为人世间的那些难以捉摸的命定之事就是如此……

一直低着头，我觉得有点疲劳，就坐到了窗边的旧椅子上。我想，为什么，我没有让美幸去堕胎呢。

在这里和她说这些也不合适。不过，无论如何我都得请求她堕胎。我虽然这么想，可是打掉孩子不就是彻彻底底的杀人吗。那样的话，当初不让她怀上孩子就好了。可那时候自己明明想的是美幸要生就让她生好了，而事到如今，我还能做出这么卑鄙的事吗……

我发现自己又在深深地叹气了，我想起了此时此刻还在同母亲的排泄物苦战的妻子。

美幸到旅馆的时候已经十点半了。她把小旅行包放在房间的角落里，端坐在桌前，嘟囔着说：

"怎么这么远……"

她望着我露出了微笑。

"你身体怎么样？"

我问。美幸用略带惊惶的语气说，五天前的夜里，她在福冈的朋友家聊天到深夜，突然觉得小腹剧痛，流了很多血，就匆忙去医院了。

"医生说可能不行了，让我尽量努力。当天我就回朋友家了，不过，确实不行了。"

"不行了？"

"流产了。"

我一时无言，久久地看着美幸的侧脸。

"才怀了三个月呢。"

美幸说。她的唇似乎比平时更红了，她抬手摸了摸，随后摘下了耳环。

"流产……？五天前？那，前天打电话的时候你怎么没说？"

"肚子特别痛啊，当时还在不停地出血，没有力气……想着见面了再跟你说。"

中先生的太太想得周到，在屋外问：

"要吃点什么吗？"

美幸立刻用快活的声音回答：

"我已经吃过啦。"

"外子还一直在念叨赏月的事……"

她说，等我回答。

"赏月？"

"这里的老板约我坐他的船到御庄湾的湾口，在船上看中秋的满月。"

"呀，今天是十五啊。"

"像今天这样天上无云、风浪平静的日子似乎是很少见的呢。"

美幸五天前刚流产，无论是体力还是精神应该都是吃不消的。按她的状况，船身的些微摇晃都必定会让她产生不适。想到这些，我便对等在门外的中先生的太太说，虽然机会难得，但今天还是算了吧。但是美幸却问我说：

"你想去的吧？"

"我不能把你丢在这里自己一个人去赏月啊。"

说着，我站起身来，想撕掉还对折放在桌上的那张写给美幸的便条。

"坐船去海上赏月吗……我想去一次试试呢。"

"那就去？"

我把那张便笺揉成一团，塞到裤子的口袋里。

"真要去吗？"

"要是觉得不舒服，马上回来就好。"

我告诉中先生的妻子我们要去。美幸给自己倒了杯茶。在等她喝完的时候，我一直在想她是真的流产还是故意堕胎的。不过，我告诉自己，这个问题是不能问出口的。

她在福冈的朋友到底是什么人，我也觉得不必去探查了。

我先下了楼，看到等在玄关口的中先生，下意识地朝他笑了笑。他大声说：

"这么开心呀。刚刚肯定还在担心那个漂亮姑娘会不会来呢。"

结果被他妻子责备了。

中先生开车把我们送到御庄港，然后去了之前那个朋友的家。等他的时候，我抬头看到，满月已经几乎升到我们正上方的位置了。

"工作，都处理好了？"

美幸用力握着我的无名指，问道。

"嗯。要是百分制的话，差不多能到七十五分吧。没办法啊。他们还是会优先考虑本地的从业者。不过，大型特制焚烧炉的话，他们只能用我们公司的专利。托老爸发明的福，让我这个没出息的儿子也能轻松地有了饭碗。"

"像这种乡下也开起了大公司的工厂啊。不过，这也能给本地人提供很多工作岗位呢。"

"你是不是瘦了不少？"

"是瘦了。刚知道自己怀孕，就马上开始觉得不舒服了。我这身子还是蛮识趣的呢。"

我们到御庄湾的湾口开始赏月，中先生朋友的船也到了。中先生上了那条船。

"要是觉得不舒服了，就把舵右边的那个大开关给打开。之后船头的红灯就会闪起来。我看到了就马上来接你们。呐，这边的海是不会让船摇晃的，如果是你们两个摇的，那就不是我的责任了啊。"

我们在浮标和木筏之间听着，中先生的说话声和他朋友的笑声离这边越来越远了。

"还是会摇呢。"

美幸说完，双手捂住嘴，小声地笑了。

"嗯，是会摇啊。要是因为这个就晕船，会被人家笑话哟。"

我找出了酒坛和杯子，赞叹着今晚的月光出人意料地明亮，一边端着斟满的酒杯朝海上看去。海面上映着的那轮满月，离这艘钓船只有两米远了。

"这里的月亮更大啊。"

我指着落在海上的月影说。

"是个好消息吧？"

美幸看着我。

"什么？"

"到旅馆之后，我跟你说的我流产的事。是个好消息……你不是这么想的吗？"

我喃喃地说，别说这种傻话了，把杯里的酒一饮而尽。我没有看头顶的月亮，只是一直认真注视着海面的月亮。相反，美幸一直仰望着夜空，还时不时嘟囔脖子酸了。

正想要倒上第二杯酒的时候，一瞬间，我的视野剧烈地晕眩起来。我感觉，和中先生开始赏月的时候喝的那一合酒和刚刚喝的酒混在了一起，剧烈地在我的体内周流起来。不过，我还是继续喝着杯里的酒。

"我啊，就在这两周里，有点没出息地变得消沉了。"

美幸说。她把酒坛的塞子塞上，仿佛是在对我说不许再喝了。

"我，最早确实想把这个没有父亲的孩子生下来，努力把他养大。只要你没有说出去，我就绝对不会做出那种让你家人伤心的事情。我有这个信心。不过，就这两周，我却泄气了，所以肯定会流产的。我原以为自己的精神会更强大的，但并不是那样。"

"对我来说，海上倒映的月亮反而更真实呢。"

这句话和美幸的话毫无关系。说完，我点上了一支烟。我总觉得，母亲不久后就会过世的。我一边在微醺的脑海中搜寻着关于母亲最初的记忆，一边握住了美幸的手。

那是我还没上幼儿园的时候吧。我也不知道自己当时几岁了。但是在我的记忆里，关于母亲的最初印象是她牵着我的手在人群中走路的场景。我和母亲一起去照相馆拍照。事后才知道，那时母亲已经患了肺结核病。她的脸颊尖尖的，脸色很苍白。但她走路很快。

但是现在，在我心中无休止地出现的母亲，竟是她年已八旬却怀着孕的样子。左半身不遂的她躺在床上，十分爱怜地轻抚着自己胀得圆滚滚的肚子，还精神紧张地防备着有人要害死自己的孩子。

这样的她，就在那边，我觉得。那个仿佛伸手可及的、在夜晚的海面上倒映着的影子，对我而言，就像是八十岁怀孕的母亲。

我想离她更近一些，双手从船舷伸出去。

"你在做什么？"

美幸有些不安地问。

"我想离那边更近一些。"

"那边？是哪里？"

"海上的月亮啊。"

"去不了的啊。无论怎么靠近，距离都不会缩短的呀。"

美幸用力抓住了我的腰带。落在海上的月亮，化作了卧病在床的母亲的肚子，它伸出了双脚，又现出了身体和双臂。可我怎么都看不到它的脸。

"没有妈妈的脸啊。"

我想站起身来。美幸紧紧抓着我的腰带向后拉去。我和她一起仰面倒在了甲板上。船身剧烈地左右摇个不停。

烧　船

虽说十一月都已近尾声了，可还有台风从太平洋直刮过日本来。

必定是受了它的影响，鸟取沙丘附近的海浪都变得愈发汹涌了。不时就有风吼声传来，偶尔还会下起小雨。

三天前，我和珠惠乘飞机在米子机场会合，随后在机场租了汽车，顺着日本海沿岸的国道，漫无目的地一路开到了鸟取县 S 市，住进了这个只有五间客房的老旧廉价旅馆。

我们住的这个八叠大的房间面朝着逶迤在海岸线旁的国道，国道的那边，能看到往远处延伸的窄窄的沙丘，还有渐渐展开来的日本海。屋里不能洗澡，也没有厕所。

高级的酒店和旅馆都满客了。珠惠是个奢侈的人，我却只得带她住进这样的廉价旅馆里。所以，我已经暗自作好把她心情搞坏的准备了。但不知为什么，珠惠却似乎很喜欢这家旅馆，还一副无所事事的样子跑去旅馆老板那里，和那对年轻的夫妇打得火热，或是和他们在账房里一起喝茶，或是吃旅馆老板拿出来的河豚鱼干。客人只有我们两个。

我打算借这次旅行和珠惠分手。珠惠也常说她自己已经疲于应对我们的关系了。我们半年前相识，到现在，情人关系也维持了三个月。对此，两个人都已经厌倦了。

珠惠的声音隐约从楼下的账房传过来。我侧耳听了一会儿，给在静冈娘家的妻子打了个电话。我在这里打电话的时候，账房里那个老式交换机上面的红灯会亮起来，珠惠看到就会明白。像这种时候，她绝不会回屋来。

我的妻子是静冈县一个木材商的次女。四年前，她母亲过世了。她父亲和哥哥打理着那家木材店，生意做得十分红火。几天前，她哥哥出了交通事故，折断了锁骨和髋骨。于是妻子回娘家去照顾父亲，兼而探望兄长。

我询问起她哥哥的情况。

"我这边日本海的风浪正大。你那里情况怎么样了？"

我小声说。

"这边天气很好呢。不过天气预报说傍晚会下雨。你什么时候回家？"

"我打算二十五号回去。孩子们自己做好便当带去学校了。每天都要打五六个电话给我，催我快点回去。"

话音刚落，妻子开始抱怨起她的嫂子来：

"嫂子昨天跑去学游泳，今天又和附近的太太团搞卡拉 OK 大会去了。还说明天要打网球。真的是，她到底把家里当成什么了。"

"明天的网球估计打不成吧。不是说台风要来，傍晚就开始下雨了嘛。"

"那家伙的网球俱乐部有室内场地呢。人家可受不了被太阳晒出色斑来。"

挂掉和妻子的电话，我盘腿坐到临海的窗边，向外望去，又看到了那只这三天来总让我格外留意的小船。是靠摇橹前进的那种木船，大概能坐进一两个人，被底朝天扣在了沙滩的正中央。一定是被人扔掉的弃舟吧，我觉得。

三天前我和珠惠住进旅馆的时候，那里还没有这只小木船。当夜，不到零点的时候，有一对男女把它拖到了那里。借着远处街灯的光亮，我只能模模糊糊分辨出把小船拖来的人是一男一女。至于长相就再看不清了。但我总觉得他们就是旅馆的老板，那对年轻的夫妇。那两人把小船运到那边，接着就往海的方向走去，慢慢消失在了我的视野里。过了半小时左右，我听到了旅馆后门打开的声音，还有旅馆男主人的说话声：

"原来它那么轻呀。"

不知是从哪里听说的了，木船如果不时常拖上岸来晾晒的话，船底就会缠上海草和贝壳。这些东西会让船腐朽掉。所以我对于船主人把船拖去倒扣在沙滩上这件事并没有觉得有多奇怪。

但转天早上，那艘船却不在前一晚的位置了。这让我特别在意起来。到了前天早上，木船已经往右移到了距离之前的位置足有五米左右的地方。昨天早上看，它又往海的方向移动了大约十米的距离。而今早它居然又回到了三天前的位置。沙滩上也确实留下了木船移动的痕迹。

夏天的时候，这一带似乎是个海水浴场，不过现在倒是完全看不出来。所以虽然那边倒扣着一只小船，也不会给别人造成麻烦。

这三天来，我在这片沙滩上总共看到过三四个人。其中一个是傍晚时分牵着狗来散步的女孩子，看起来是个中学生。

"呐，你说，这里的那对夫妇多大年纪了？"

珠惠一回屋就低声问我。

"嗯，丈夫大概三十岁上下，妻子的话也差不多吧。"

听了我的话，珠惠的脸上露出了微笑。她完全没化妆，脸部肌肤显得十分细嫩。

"那两个人倒确实是同岁。不过比我要小一轮呢。"

"小一轮？比你小十二岁吗？"

这么说来，旅馆的这对夫妻是二十二岁。

"你被他俩蒙了吧。他们怎么看都不像是只有二十二岁啊。"

"我也不是向他们问来的啊。"

珠惠说是看到了账房桌子上放着的驾照。

"也不是我有意偷窥啦。两个驾照就放在那里嘛，不小心就看到了……那两个人的确比我晚出生了十二年嘛。"

"啊。这么说就是比我小二十岁了。"

"不过呢，乍一看去，别人兴许会觉得那个丈夫的年纪比你还大呢。"

之后我和珠惠都不说话了。她侧着身子坐在榻榻米上，低着头不知在想什么。我侧躺下来，头枕在她腿上，隔着圆领毛衣摸她的乳房。

珠惠用力抓住我的手，制止我的动作：

"这周住在这里的客人就只有我们两个人。听说后天会有两批预定了房间的客人来。他们说这里只有夏天是旺季。"

高潮时，珠惠的身体会像起雾一样地冒出汗来。这一点我尤其喜欢。而那一瞬间的汗会在几秒之后立即蒸发，仿佛是我的错觉一样。

而我之所以和她维持着情人关系，并不是为了得到她的身体。只是想要让她冒出那种雾状的汗水来。

"我们什么时候回去？"

珠惠把视线从我身上移开，问。

"后天下午我得去公司。假是请到后天了，但那天有个一直有生意往来的公司董事要带着妻子来日本，说要请我吃个饭。中午我给公司打了电话，部长说，要我结束休假真的很抱歉，不过还是想要我去应酬一下他们。"

"哪国人啊？"

"英国人。从我们公司买了十四台大型挖掘机。正式合同要过了年才签，不过十天前已经把临时合同签了。一台挖掘机要两千三百万日元呢。不管多硬的石头都能一下子挖开……这段时间他们公司已经卖给匈牙利四台、卖给南斯拉夫三台了。谁教我们公司没有东欧那边的销售渠道呢。"

"那……订明天去羽田的机票比较好呢。"

珠惠说着，抓着我手腕的手放松了力气。

"用句老话说，虽然说法很老啦，我们之间，不会有结果啊。"

她小声说。

我揉着她的乳房问："没有结果？"

结果是被你抹杀了吧。难道不是从一开始就接受了我有妻子和孩子的事吗。我这么想着，见她没说话，又问了一次：

"没有结果是什么意思？"

"前一阵子我爸爸打电话来了。说我总是没法坚持做能赚钱的工作，要我回家去呢。先不说要不要辞职，我是想着先回老家一趟。毕竟有两年没回去了呢。"

珠惠的父亲在札幌经营着两家饭店。珠惠以前在札幌念过短期大学，一毕业她就跑到东京，进入了一家总部在京都的绸缎店工作，学习染色技术和和服设计。五年前她出来自立门户。然而，无论她怎样努力工作都做不到按时交货，加之又不是那种能勤快跑去拉客户的性格，所以一半以上的生活费都还要靠家里接济。

"和你的事，都三个月了，对我来说已经麻木了。我已经累了……"

珠惠说。我早就下定决心，只要珠惠说出这样的话，就一定不去挽回了。我觉得自己已经非常了解她的性格了。我们相处的时间虽短，但已经有很多次，把各自的本来性情显露给对方了。

"我还没觉得麻木呢。"

我收回手说。

"那，又是怎样呢？"

"我不觉得麻木。是觉得留恋啊。"

我起身，打电话给米子机场的航空公司，订了明天到羽田的机票。

"我也没能为你做些什么。有时候我也会想，自己应该可以为你做些什么。但还是什么都没做。"

我盯着外面那只倒扣着的小船，向珠惠道歉说。

与此同时，我心中的不舍猛然变得强烈起来，甚至开始考虑要不要试着在我们之间重建起那种"有结果"的关系。虽然如此，我反而感觉轻松了起来。

我指着沙滩那边，告诉她我很在意的那只小木船的事。

珠惠说她也注意到了小船的位置每天都在移动。

"你也知道吗？"

我有点吃惊，问道。

"我也住在这里啊。每天又只能看到沙滩和海。"

"你不觉得奇怪吗？"

"有时觉得，有时又不觉得……"

我们沉默了。大概过了半个小时，珠惠说想去海边散步，于是我们离开旅馆，往小船那边走去。刚踏上国道，旅馆的老板就出来问我们什么时候吃晚饭。我抬手看了看表，还不到五点，就对他说，请七点钟把晚饭送来。

小木船上到处都是裂缝。船头由于腐烂，已经断掉了。看上去，那几乎已经不能算是木头了，简直就是一块缠满各种纤维的坚硬的脏东西。两小时前下了一点小雨，不过一刻钟左右就停了。所以船上并没什么潮湿的地方。

"昨天我去上厕所的时候，听到那对夫妻在楼下厨房说话。妻子讲到珠惠你，说，'从没见过这么漂亮的人'呢。"

珠惠听了我的话，表情却完全没有变化。

"我遵守了约定呢。"

她说：

"我一次都没有给你家里打过电话。也没往你公司里打过。"

"嗯，是啊。谢谢。"

"但是，你却一个约定都没能遵守。"

啊，又开始了。我这么想着，踩上了一处由于拖曳小船而留在沙滩上的凹陷。珠惠一旦指责起什么来，就会一直喋喋不休地说下去。她常常无休止地埋怨我，有时甚至要说五六个小时。我很难理解这一点，只能认为这是一种病态。这正是我和珠惠感情破裂的最重要的原因。

和中午相比，那种反季节的湿热的风已经减弱了不少。不过海上的波浪翻腾得更加汹涌了。

我对珠惠说，喋喋不休地抱怨我已经没有意义了，然后故意露出促狭的微笑，问她：

"呐，你说，这只小船为什么会在沙滩上来回移动呢？"

珠惠愤愤地盯着我，说："那还用说，肯定是有人动了它呗。"

"但，为什么非要移动它呢？"

"那就是半夜小船自己动了吧。"

"船还会自己动？底朝天放着还能自己动？"

珠惠没再理我，伸了个懒腰就往海边快步走去。她背对着我，定定地立在那里。海风两次卷起她茶色裙子的下摆，但她并没有去收拢裙角。

我走到她背后，把手放在她肩上，大声问她是不是有洁癖。我说，珠惠绝不会说谎，这一点是她独一无二的最大的美德。

珠惠依旧没有回应我，而是指着海上说：

"那边有人。"

我注视着昏暗的海面，看到有人用帆板冲浪，由西向东滑过。

晚饭后，旅馆的年轻夫妇过来收拾桌上的餐具。我对他们说，明早我要动身去米子机场，所以想今晚把账付清。丈夫便下楼到账房算账去了。

"你们这么年轻就独力经营旅馆了呢。有点羡慕呀。像我这种在公司做职员的，生活实在是太无聊了。"

我对女主人说。她告诉我，丈夫的祖父很久以前就在经营这家旅馆了。和丈夫结婚时，两个人也把旅馆继承了下来。

"啊，那，你们是多大年纪开始接手旅馆的？"我问。

她回答说，当时丈夫和自己都是十九岁。即便现在处在日光灯下，我还是觉得这位妻子应该是三十岁左右的年纪。珠惠坐在窗边的椅子上，望着那片黑色的海。

"十九岁就结婚了吗……这么说当时一定是在热恋吧。如果不是热恋的话，即便是现在也很少有人十九岁就结婚呢。"

女主人用抹布擦着桌子，微微笑着。

"您什么时候和您丈夫相识的？"

她的微笑倒是显出了一丝年方二十出头的样子。这让我的脑海中出现了"木讷可怜"这样的形容词。

听了我的话，女主人微微侧了侧头，说，什么时候认识的，他们也都说不清楚。

"两个人都不清楚？这是为什么啊？"

我笑着问她。珠惠也略带讶异地看向她。

丈夫和我都是本地人。从这里到我家，步行只需要十分钟左右。所以我们两个第一次见面应该是在不会走路、还要母亲背的时候。我和丈夫从幼儿园开始，到小学中学都在同一个学校。读小学时，除了三年级和五年级，都在一个班里。中学三年也一直在一个班上。高中时倒不在一个班了，不过高二那年的夏天，丈夫退学去念了烹饪学校。他的父母很早就过世了，是祖父母把他带大的。中学时他祖母去世，祖父伤心过度，身体垮掉了，一直时好时坏的。所以丈夫才希望尽快继承旅馆。于是他从高中退学，去读烹饪学校了。

说完，女主人又说，等后天预定了房间的两批客人离开，他们就要让旅馆关门了。

"关门，就是说不干这一行了吗？"珠惠问。

"您不是说，即便冬天没有客人，只靠着夏季的收入也够你们一年的花销了吗？"

听了珠惠的话，女主人又一次露出微笑，说他们准备离婚了。我和珠惠偷偷交换了一下眼神。不小心让人家说出不该说的话了啊。珠惠也露出了这样的神情。但我们又不好立刻沉默。

"您结婚才三年呢，两位都只有二十二岁吧？"我说。

每个人都背负着各自的缘由，我的话大概就属于那种不痛不痒的关心吧。

这时，男主人拿着账单上楼来了。可能他在楼梯上就听到了房间中的谈话，被太阳晒得黝黑的脸微微低下来，把账单放到我面前。

我觉得这时候必须要转换话题了。于是问他沙滩上那只弃舟的事。

"那只船的确在到处移动。这，让人觉得有点可怕啊。"

男主人说那只船确实是他们的。

"那么，三天前的晚上，把船拖到那里的果然是你们吧。"

听了我的话，男主人的小眼睛倏然闪现了一道光芒。他说，每天晚上去移动那只小船的就是他们夫妻。女主人端着托盘下楼去了。我把那瓶昨天打开的、还剩三分之一的苏格兰威士忌放到桌上，向年轻的男主人劝酒：

"住在这里真的很舒服。我还想再来呢。以后要是关门了，总觉得有点遗憾啊。"

男主人小声说，只喝一杯就好，便下楼去拿来了冰块、酒杯和水。第一杯，他三口就喝完了，见我继续劝酒，有些不好意思地笑了。啜饮着第二杯酒，他讲起了自己的事。

我和妻子八岁时就有婚约了。八岁的我们连结婚是什么意思都不懂，却会认真地和别人讲我们订婚了。大家都笑着调侃我们。

从那时候起，我们就常坐着那只小船一起玩。那只船早先是我祖父用的，去年他过世了。七岁时，祖父就教会我摇橹划船了。在年纪相仿的孩子里面，我是最擅长驾船的。

天晴的时候，即使是像现在这样的晚上，从这里也能看到东北一带的海上有一块巨大的岩石。当然今天这种天气是看不到了。那块岩石顶部很平坦，形状有点像那种压扁了的麻袋，涨潮的时候也不会被海水漫过去。我们这一带操船的少年很多，但只有我能把船摇到石头那里再返回来。

虽然会被家长们骂，不过八岁的我们还是常常两个人把船摇出去，到岩石上面玩。只要不是风浪太大或者下雨，我们几乎每天都去那里玩。

等上了中学，我们更坚定了日后结婚的信念。于是，不管身边的人跟我们说出怎样下流的玩笑，我们都会摇着船去那个光滑平整的岩石上享受二人世界。读高中的时候，我去米子念了一家烹饪学校，不过只要有时间，我们还是会摇船去岩石那里，在那边坐着呀睡觉呀，一起玩。

我们是半个月前决定离婚的。因此我想要把那只船烧掉。妻子帮着我把船拖到那边了。不过妻子又说，在那里把船烧掉的话，会被邻居们觉得奇怪。她觉得难为情，所以到了晚上，就试图一个人把船拖回泊船的地方去。但我又想阻止她。所以船就在夜里被推过来又拉回去了。

年轻的男主人所讲的，大致上就是这样。说完，他朝我道谢：
"承蒙您款待了。"
然后帮我和珠惠铺好被子，下楼去了。
我盯着煤油炉中的火苗看，一边喝着威士忌。珠惠继续凝视着夜晚的海。

"风好像停了。"

就在珠惠开口说话的时候，我猛然发觉，自己还是不想失去她。我竭力要把自己的想法告诉她：

　　"在珠惠喜欢上别人之前，我们还是继续相处吧。我们一定能创造出那种'有结果'的关系的。"

　　我站起身走到窗边，抓住珠惠的手腕，把她拉到床上。珠惠的身体失却了力量，开始接受我。她雾状的汗水微微濡湿了我的胸腹。

　　激情过后，珠惠闭上了眼睛。我的唇还抵在她的肩上无力挪开。哪里还有气力去创造什么"有结果"的关系啊。我想。

　　过了将近一个小时，旅馆的玄关那边传来了开门的声音，我听到有人往国道那边走去。我以为珠惠已经睡着了，但一有响动，先爬起来的却是她：

　　"船被烧了。"

　　珠惠光着身子，只把旅馆的浴衣简单地披在了身上。她回手关掉枕边的小灯，走近窗边。

　　小船边晃动的一男一女两个灰白人影，正是旅馆的那对夫妻。

　　"原来他们是在等风静下来啊。"

　　说着，我凑过去和珠惠站在一起，透过玻璃窗向外望。沙滩上的情形让我胸口的某个地方刺痛起来。即便如此，我还是坚持凑到珠惠的耳边，继续悄声说着情话。

他们似乎是把灯油洒在木船上烧着的。火焰猛地旺了起来，包覆了船身。离船不远处，那对夫妻静静地屈膝坐着，全身都被映红了。

火势没有一点减弱的意思。丈夫用棍子在燃烧的小船上敲打了两三下，有好多火花飞溅开来。船被烧塌了。火焰迅速暗了下去。

突然，那个妻子站起身，从沙滩那边走回来。她跨上停在玄关那边的自行车，沿着国道往西骑去，慢慢消失在我的视野中。她的丈夫甚至没有回头看她一眼。

珠惠摸到内衣穿上。

我劝阻道："别出去比较好吧。"

但珠惠完全不听，一言不发地出屋去了。我连忙穿上衣服追了出去。

木船的残骸还冒着烟。旅馆的年轻老板正在往上铺盖沙子。

"烧了啊。"

我朝他说。这时候，珠惠把我送她的生日礼物，一只18K金的窄手镯，扔进未熄的炭火中。

涟漪

　　酒醉后我随便约了个女人。刚回旅馆，她就打来电话，问我现在能不能过来。

　　一刻钟的工夫，她就到了。女人面无表情地说，自己做这种事还是头一次，然后喝了罐啤酒，去洗澡了。我隔着浴室的门问她多大年纪。她说二十六岁。居然比我小了二十岁。

　　她个子很高，胸也丰满。卸妆之后眉毛显得淡淡的，眼神又很锐利。

　　我感觉自己体内那几条神经已经完全瘫软下来了。可能确实是醉酒的缘故。抑或是她的肉体和眼神给我带来的那种压迫感的缘故。或者二者兼有。我没能和她做爱。她试了不少手段，最后说，看来怎么样都是不行了。这时候我的脑袋简直成了架钢琴，被好多指头轻轻敲打着。

　　"喝太多了，就好像哪里的螺丝被卸掉了一样呢。"她说。

　　她的眼神突然柔和起来。光着身子又从冰箱里拿了一罐啤酒出

035

来，趴到我身边慢慢喝着。

"我们，是在哪里见过的吧。"

"你居然都忘记了？"

她说了个酒吧的名字。说，在吧台，她当时坐在我旁边。我喝到第七杯戴吉利的时候，把杯子弄倒了。

"我喝了七杯戴吉利？不可能啊。那之前我还在寿司店里喝了三合凉酒呢。"

她把下巴抵在枕头上，摇头说：

"是六杯呀。第七杯全被你弄洒了。要不是服务生制止你，你大概还会继续喝呢。"

我问她的名字。

"你不是在酒吧里问了好几次？真须美。说起来，你今天怎么跑到九州的小仓来了？"

"啊，是啊。前天我出差，从东京到福冈。今天一个主顾开车把我送到小仓的。"

我看了下表，想顺手去摸摸真须美的屁股。她还趴着，不过已经睡着了，右手握着的啤酒罐一点点地倾倒下来。我轻轻地从她手里拿走了啤酒罐，放在旁边的桌上。

第二天早上，我被真须美的洗澡声弄醒了。宿醉得太凶，搞得头都不能动弹。我烦躁不已，对洗澡出来、正在穿衣服的真须美说：

"零钱要是不够，钱包就在那边，你拿走就好。留两三万元给我就行了。我上午要坐飞机回去，得留点钱买票。"

真须美似乎说了些什么，但我没听清。再醒来的时候，她已经走了。钱包也完全没有动过的样子。我没问她的住址和电话，不过就算问了也不会去联系吧。她卸妆的瞬间现出来的淡淡的眉和锐利的眼神，在我心中留下几分畏葸。不知为何，每当我恍恍地追忆起这个叫做真须美的女人的时候，这种感觉都会变得更加强烈。对于已经步入中年的我来说，若是能和她这样的人一同散步或是用餐，总是会产生一些虚荣感的。但过了半年，我就再也没想起过这个人了。

两年后，我在一个意想不到的地方遇到了真须美。葡萄牙的里斯本。

我住在自由大道附近的一家旅馆里，想去找一家据说干蒸鸡做得不错的店，就拿着地图和旅游手册出来，沿着那条拐了一个大弯的市内电车线往前走。可能是周六晚上的关系，里斯本的繁华街一带满是行人。擦鞋的少年和卖报纸的人挨在一起，被挤得都快贴在那些密密排着的建筑物的石头外墙上了。

这里的石板路铺得很是精致，街灯照下来，仿佛让它泛起了灰色的涟漪。街的一角有栋老旧的大楼，看上去既不像办公楼，也不像公寓。门口有个等生意的擦鞋少年，很像我两个月前刚刚开始念高中的二儿子。

我停下脚步，低头看了看脚上的皮鞋。那个少年马上向我挥起双手，嘴里喊着什么。我想他一定是在说："您的鞋子脏啦。我来给您擦一擦吧。"

我走到他跟前，坐在木头圆凳上，抬起左脚，搭在那个小小的长方形台子上面。

我把旅游手册拿给少年看，指着那家餐馆的名字问他该怎么走。少年用手指向了广场上那个二战纪念雕像的右方。这时，大楼玄关旁的侧门开了，一个有着东方面孔的女子从里面走了出来。我们的视线撞在一起，一时间，两个人对望着，都没有说话。

"难道，是真须美吗？"

我踌躇着问了一句。女人还是一言不发地继续盯着我看。我心下明白，自己遇到的并不是一个刚好长得很像的人。她就是真须美本人。

"啊……事情居然能这么巧吗。"真须美总算开口了。她一脸惊诧的神色，说："这里可是里斯本呀。日本在地球的另一面呀。"

"有些人虽说在同一个城市里生活，但五年都未必能遇见……这里，确确实实是葡萄牙的里斯本啊。"

"你在这种地方做什么？"

"刚刚是在擦鞋……"

"我不是问这个啦，"真须美笑了，又喃喃地说，"真是难以置信呢。"

"和九州那时候一样。来出差的。从法兰克福到巴黎，再从巴黎飞到马德里，然后又来里斯本。到巴黎之前还有个同事搭档一起的，不过我们在巴黎分头行动了。那个人虽然英文很好，却是第一次到国外出差，就让他去讲英语的国家了。我英语不行，就到这个不说英语的地方来了。"

"那你会说西班牙语还是葡萄牙语？"

"完全不会啊。我请了本地的翻译。"

从认出她是真须美的一刻起，我就觉得，她应该不是为了观光旅游而顺路来到里斯本的。看得出，她已经习惯了里斯本夜晚的人群。真须美似乎已经在这个异国他乡生活很多年了。

少年擦完了鞋，又对我说了些什么。这时真须美用葡萄牙语同他讲了几句话，就见擦鞋少年张开双手，用力点了点头。

"这孩子收费有点贵呢。"

我付钱给他，站起身来问道："你会说葡萄牙语？"

"就会一点儿。"

真须美抬头看了看眼前这栋石造建筑，告诉我三楼就有个葡萄牙语教室，她在那里上课，一周三天，已经有半年了。

"说起来，你还能认出我的脸啊。"

"你才是啊，居然还记得我的长相。不过，你已经忘了吧？那天的事情。"

"我是真想忘了那个糟糕的晚上。不过还是忘不掉你的脸。"

"和我希望的刚好相反呢。"

我们一起朝着广场走去，边走边笑着。虽然我很想知道她在葡萄牙过着怎样的日子，但我还是不想由自己开始这个话题。不过，我试着问了她是什么时候来葡萄牙的。真须美回答说已经有一年了。

我又说了自己之前想去的那个餐馆。

"你吃饭了吗？如果没吃的话，我请你吃个饭怎么样？"

真须美说，平常葡语课都是在七点到九点，但今天老师临时有事，提前到六点开始了，结果她什么都没吃就过来了。

我们横穿市内电车轨道的时候，刚好一辆满载了乘客的电车响着铃驶了过来。我紧跑几步，到了人行道上。真须美则在广场那边停下脚步，等车开过去才慢慢走过来。

真须美似乎在思量着什么，站在一家内衣店的橱窗前不走了。她对着石板路凝视了半晌，最后说道：

"我能再邀请一对老夫妇吗？他们很喜欢吃那店做的鸡肉。"

"好啊。那对夫妇是日本人？"

真须美没有回答，再次把视线投向石板路，沉思了一会儿才说：

"那两个人平时都懒得出门，还是不叫他们了吧。不过，我可以打包一点干蒸鸡带给他们。"

她喃喃地说。不知道是在和我说话还是在自言自语。

"我还是回去吧。我把你带到那家店，然后自己买些干蒸鸡好了。"

说完，她快步往前走去。

我们又穿过一次电车轨道，走进一条窄窄的巷子。巷子边有家电器店，还有家小店正放着法朵①，再有就是几家餐馆。真须美指着路尽头的一个木制看板说：

"就在那儿。"

说完，她停下脚步，又陷入了思忖。

她盯着我的喉咙看，问道："你为什么，总能让人很自然呢？"

"让谁？"

"我。和你在一起，我就会很放松，心情也会好。"

"啊，因为那天我比较人畜无害吧。"

---

① 葡萄牙传统音乐。

"说的不是那个……"

真须美抬手看看了看表，露出了要赶时间的无奈表情。

"有人等你吗？有的话你就尽管去，不用勉强陪我。"

"买些干蒸鸡，然后去我家怎么样？"

"是有谁在等你吗？我去也没关系吗？"

"要来吗？"

"那，我就不客气了。出国之后我就只能一直在外面吃。"

几个客人在店外排着队等空位，不过完全没有急切或是不耐烦的神色。真须美对餐馆的服务生说了些什么，随后又和店前排队的客人们沟通起来。一个半老的客人听后，朝她笑着点了点头，还帮忙去请求身后那对年轻夫妇的同意。最后大家都向真须美点头示意。

不到五分钟，干蒸鸡就被装在塑料餐盒里面送到店门口了。我付了钱，回身往广场的方向走，又问她：

"也就是说，大家让你插队啦。"

"是啊。因为，要是那么等下去的话，要花上一个小时呢。"

"你怎么跟他们说的？"

"就说家里有老人正饿着肚子等我回去。"

我们在广场西侧乘上了市内电车。车沿着弯弯曲曲的小路朝海的方向行驶了大概二十分钟，进入了一片挤满了砖红色屋顶的街区。在住宅间的狭窄空隙穿行时，电车和房子间的距离有时候甚至不足十厘米。司机把速度放缓，按着车铃。车速缓下来后，透过窗户，可以看清房屋里面的样子。

到一座小山渐渐出现在左侧视野里的时候，之前还接近满员的车里，乘客们已经几乎全都下去了。我每次和真须美对视时，心里都会想："啊，这双眼睛。"在我见过的所有眼睛里面，真须美的眼睛是最锐利的。在她的眼睛里看不到一丝柔软的东西。

"下一站哦，"真须美说，"你什么都没问呢。"

她小声说，向我微笑。

"我还在沉浸在不可置信里呢。这可是在里斯本啊。我要是不在那里擦鞋的话，也不会偶然遇见你。"

真须美的家是一栋正方形的二层建筑。黄土色的墙壁，朱红色的屋顶。她上前按了门铃，一个矮小的、满头白发的葡萄牙老人打开了门。他鼻子很大，眼角已经下垂了，看上去应该有八十岁上下了。

真须美把他介绍给我。这时一个老太太从里面走出来，脸上露出询问的神色。真须美又做了介绍。

"他们是我的公婆。就是丈夫的父母。"

虽然是不速之客，两位老人还是高兴地招呼我进屋。我向他们打过招呼后，问真须美，刚刚是怎么介绍我的。

"就说是在日本时的朋友。偶然在自由大道遇见了。"

我只能听到真须美的声音。她人在厨房，应该是在把干蒸鸡盛出来。

客厅东侧有个十字架，下面摆着一个装饰着黑色绸带的相框。相框里的照片上，一个年轻男子正在微笑着。

真须美的公公把我让到沙发上。婆婆拿出波特酒和玻璃杯放在桌子上，随后又指着右腿的膝盖用葡萄牙语说着什么。公公神色平静，也对我说着话。

真须美把几个盘子摆在了桌上，里面装着面包和干蒸鸡之类的食物。她笑着拍了下两个老人的肩膀，同他们说话。

"我刚说，你这个人一点葡萄牙语都不懂。"

她让我看那张照片："我丈夫。"说完，她轻抚着微胖的婆婆的后背。婆婆每次和我对视时都会微笑着摇头。

"什么时候去世的？"

"到今天刚好两个月。"

"你什么时候结的婚？"

"一年半前。在东京办的婚礼。那时候他在日本留学，比我小两岁。"

"生病？"

"交通事故。车里的三个人都死了。我丈夫开的车。他在葡萄牙最大的建筑公司工作，去波尔图附近的一个建筑工地，路上出的事。"

虽说是无意，但我毕竟失言了，便笑着向两个老人寒暄了几句，表示歉意。真须美磕绊了好几次，才把我的致歉和遗憾用葡萄牙语转述给他们。不过那似乎并不是因为情绪激动，而是因为她的葡语讲得还不够熟练的缘故。

婆婆摩挲着真须美的手背。公公往我的杯里续上酒。他们不停地摇头。

"他们这两三天来都只喝牛奶。今天就算是撬开他们的嘴，我也要让他们吃一点鸡肉。"

我悟出了真须美把我带回家招待的原因。我大概是能做点什么的吧。

"请用吧。"

真须美往我的盘子里盛了一些干蒸鸡。她和我讲，公公已经七十二岁了，婆婆是六十八岁。丈夫还有三个姐姐，都出嫁了，一个在拿撒勒住，另外两个都在科英布拉。

我喝着波特酒，吃了一口鸡肉。这时候，真须美打开了和我相遇时就拿在手中的笔记本，给她的公婆读起了葡语文章。两位老人脸上都露出了嘉许的神色。他们盯着盘里的干蒸鸡，只是微微摇头，并没有吃的意思。

虽然不觉得能起到什么作用，我还是对两个老人说："不吃一些可不行啊。"这时，真须美把笔记本翻过了一页。这一页也有葡语写的文字，但真须美没有读，而是把笔记递到了两个老人面前。

我推测，那上面可能是她拜托葡语老师写下的"就算是撬开嘴，也要吃一点"这样的话吧。不过这应该是她最先要说的话。后面的内容是什么，我就猜不到了。

老夫妇戴起老花镜，读起儿媳递过来的笔记本上的字。他们刚开始读，真须美就站起来往厨房走去了。壶里的水开了，发出鸣笛一样的声音。两个老人随即也站起身，丈夫扶着妻子，一边大声说着什么，一边追进了厨房。

我探身过去，想看看那个笔记本上的葡语文章。但，那上面写的并不只有葡萄牙语，还用一些日语标记着意思。

今天，去医院了。检查出怀孕。我要生下孩子。在葡萄牙生下来养大。我去工作，养育孩子。

厨房里面传出了老夫妇异常兴奋的声音。其中还夹杂着真须美不时漏出的几句日语。

我轻手轻脚地站起身，离开屋子，踏上了夜色中的石板路。回去的路其实并不复杂，不过我不知道车站在哪里，便只好朝着光亮的地方走去。一边走，我一边思考着真须美为什么要把我邀来家里。脚下的路是用五厘米见方的暗灰色石板铺成的，我一路走，渐渐生出了一种感觉。就像是在水中游泳，累了之后想要在什么地方温暖一下冷掉的身体，终于爬上岸了一样。

一到夜里，这条路就会泛起涟漪一样的光。之前形形色色的人从这里走过去，往后，还会有形形色色的人走过它。

胸之香

母亲过世时七十九岁。她去世前的那段时间，我常常去位于六甲山山腰的一家设备齐全的医院，每个月一到两次。不过，如今已经不再去了。

到医院并不是有事要办。我的目的是把车停到那边的停车场，再走下一百来米的坡道，去一家面包店。

几年前，这家店每天只卖固定数量的手工面包，不过是小本经营。其中有五六种蛋糕卖得很好，客人们又说很好吃，后来甚至有人从奈良或和歌山那边专门开车过来买。加上杂志、周刊的推荐，所以，母亲住院的那段时间，这家店一直都在扩大着规模。

母亲六十九岁的时候罹患胃癌，做了手术。医生说发现得早，日后百分之九十是不会复发的。

正如医生所言，癌症确实没有复发。不过手术后，母亲却一直被脉律不齐的症状折磨着。

据说这就是做过胃部切除手术的人常会出现的倾倒综合征。不过手术都过去三年时间了，这种脉律不齐的症状还是会频繁出现。于是通过熟人的介绍，母亲住进了位于六甲山山腰的这家医院做检查。

母亲的病房是个四人间，邻床的是个二十七八岁的女人。她是一家面包店老板的妻子。不过我不清楚她生了什么病。

女人不吃医院提供的早餐面包。每天早上，她的丈夫会送来刚烤好的面包，也会把自家店里的面包分给同病房的人。

母亲常说他家的面包很好吃。所以她住院时，我也去那家店买过四五次面包。

母亲出院后，我就把有关那家面包店的事完全抛诸脑后了。

离世的半年前，母亲因脑梗塞而病倒，此后一直卧床不起。在那之前一个月左右的时候，她突然说想吃那家店的面包。

之前她还可以一个人散步，不过那时候已经不行了，每天只好靠看电视来消磨时光。但如果去散步的话就有可能得感冒或者摔倒骨折，那样一来，生活就更加不方便了。所以家人渐渐都不劝她去散步了。天气好的时候，极少数情况下，母亲会想独自去散步。不过都被大家劝阻了。

母亲是在四月病倒的，过世是在那年的十月份，中间的半年时间都是在床上度过的。三月底的时候，她老是说要吃那家的面包。那时候她没有脉律不齐的情况，气色也好，对所有事情的感觉都很敏锐。

她能准确地回忆起几十年前住在温泉旅馆的花销，还能模仿生我时产婆说的话以及当时她自己忍痛的声音，还会因为回忆起自己从前受过的几次侮蔑而又一次怒气勃勃。在那段时间里，对于任何事，她都表现得咄咄逼人。

所以说，那时候母亲是完全没有老年痴呆症的。脑梗塞发作而病倒以后，她出现了轻度的失语症和其他一些类似老年痴呆的症状，不过这也是难以避免的吧。

母亲不光说想吃面包，还任性地说，要亲自去一趟那家面包店。

"那边呀，可是有妈妈的回忆呢。会让我想起在石屋川生活的日子。松木和小高的家也在那边呢。"

母亲曾经在神户的御影生活过。从昭和十六年到昭和二十四年，除了其中有一年曾经被疏散到爱媛县以外，她一直是在那里生活的。那段时间正是父亲最春风得意的时候，他们在石屋川旁的住宅街建起了一栋在那一带来说相当大的房子。可能对于母亲而言，在自己漫长的生命中，在御影生活的日子是一段相当宁静、幸福而且充满着回忆的时光。

虽然六甲山山腰的那家医院和御影之间还有着相当的距离，不过二者都位于六甲山系，风光和山势都是相似的。

"今天虽说暖和，不过那边可比这里要冷呀。"

"但你看，樱花的花苞都慢慢打开了呢。"

母亲眺望着院里的樱花。数不清的花蕾中，有五六朵的花瓣已经绽开了。

"那，我们去吧。开车的话单程只要四十分钟就到啦。"

我扶着母亲坐在副驾驶座位上，帮她系好了安全带，又把绒毯递给她。

"你爸爸去世的时候是昭和四十四年的四月。今年是哪一年了？"

"平成三年。"

"那，他去世后又过了很多年啊。"

车子开到西宫市的时候，母亲问道。

"二十二年了。妈妈昨天不是自己还算来着。"

"呀，二十二年了啊……你爸爸还活着的话，有九十二岁了。"

"我也已经四十四岁了啊，儿子明年就要考大学了。"

顺着国道，车子开进了六甲山。爬到一个小池塘和一所墓园旁的时候，母亲略略地露出了一点笑容，沉思了许久，她说道：

"妈妈到今年十二月就满八十岁了。已经算是长寿啦。"

这天不是休息日，不过还是有看上去是全家出动来这里远足的人。他们背着小小的登山包，正沿着郊游路线登山。到达面包店之前，母亲要我把车停在一个能够望见神户港的地方。

能够眺望港口的地方倒是有几处，不过都不好停车。最后我在距离那家面包店不到五十米的地方找到了一个合适的停车点。

光线从海面折射过来，就连身处六甲山山腰的母亲，那白皙的脸都被照得发亮了。她坐在副驾驶座位上，眺望着神户的海，对我说了这样的话。

生下你的第二年，我们卖掉御影那个房子的稍早以前，在国铁六甲道站附近，住着一个年老的母亲和她的女儿。那女儿看上去大概有三十一二岁的样子。

当时是昭和二十二年，那个女儿在御影的邮局工作。我偶尔会去寄信，不过也只记得她的长相而已。后来有一天，邮局里就看不到她了。

我当时以为她是因为结婚而辞去工作了。昭和二十四年二月，我要坐从六甲道开往三官方向的电车，去神户市内的一个亲戚家。上车后，我发现那对母女也在车上。

我虽然记得那女儿的脸，不过每天到邮局去的怎么也有几十个人，我觉得她应该不会记得我了。但是，她看到我之后，却露出了极为吃惊的神色，那个样子简直可以用瞠目结舌来形容。她慌乱地移开了视线。

看到我之后，她完全失去了镇静，说"妈妈，我们去那边坐吧"，就往旁边的车厢走去。这让我肯定了那位老人就是她的母亲。

在开动的电车里，那个女人抓住她母亲的手臂站起身来的时候，我看出她已经怀孕了。看那个样子，我觉得应该有六个月左右了。

不过我倒也没觉得这有多奇怪。我当时只是想：啊，那个邮局的人，果然是因为结婚辞职的，现在都怀孕了。但是，她的态度却给我留下了很深的印象。我渐渐在意起来。

为什么，她看到我之后会那么吃惊，还慌慌张张地躲去旁边的车厢呢……我很难释怀。甚至可以说，她是在我眼前逃走的。

虽然很纠结这个问题，但，我后来又想，她也有可能是认错人了。或者，她可能在邮局工作时闯了祸，所以不想见到认识自己的人。这么想着，我也调整了心绪。我想，我偶尔会去邮局，她对我有印象了吧。

两个月后，我们一家把御影的那栋房子租了出去，到你爸爸的老家爱媛县的乡下住了两年。

那时候我还一直想着什么时候能回御影去住。不过，就在这短短两年的时间里，发生了很多事。比如朝鲜战争啊，还有那之后由于经济不景气引发的时局动荡什么的。最后，你爸爸不得不卖掉了御影的那所房子。

在乡下过了两年之后，我们来到了大阪，他也开始经营起新的事业。

你爸爸后来的人生江河日下，这也不用我再说了。你都亲眼见到了的。

那是你上小学的那一年，昭和二十八年的事情。

虽说御影那所房子卖给别人了，不过我的叔父和侄女都住在那附近，加上工作上的客户的事务所也开在三宫和元町那边，所以你爸爸还会常常去神户。

他每次去神户，都要很晚才回来，而且一定会买很多面包带回来。

面包的包装纸上印着"国铁六甲道站前·铃屋"的字样。

他说，去你侄女那边的时候，不经意发现了六甲道站旁边的一家面包店。莫名觉得他家的面包会很好吃，就买了。结果发现这家的面包果然比别家的好吃很多。所以每次从神户回来时，都会中途特意在六甲道站下车，买些面包带回来。还说，不愧是神户才能有的美食啊，大阪就没有这么好吃的面包。

他本来是不喜欢吃面包的。说，日本人如果不吃大米就没有力气，还说"加把劲儿"①这种说法就是这么来的。他常常这么说。

过了些日子，我去御影的侄女家玩。回来的路上，我到六甲道站附近的市场买了点东西，正往车站走的时候，看到了"铃屋"的面包店招牌。

我认出这是你爸爸买面包的店，就往里面望去。我怔住了。我看到那个曾经在邮局工作的女人，正在里面和客人说着什么。

我在车站和面包店之间徘徊了好多次。与心中的忐忑比起来，一种十分具体的怀疑让我的双腿开始发颤。

但是，我终究没能鼓起勇气进去店里。回家之后，我装作若无其事地问了他。我说：那个女人，以前，就在御影的邮局里工作啊。有一次，我坐车去三宫，在车上碰巧遇到了怀孕的她。那个时候，她看到我特别吃惊，抓着她母亲的胳膊就去旁边的车厢了。当时我就觉得她的举动特别可疑。而你每次去神户又一定要中途拐到那家面包店去。这其中有什么关联呢……

他摆出一副你到底要说什么的表情，生气地问：这和我有什么关系？

----

① "加把劲儿"的日语是"力をこめる"，大米读作"こめ"，这里是用了谐音。

我觉得面包好吃，买回来给你和孩子们，又有什么问题呢。就算那个面包店的女老板以前在御影的邮局里工作，又能说明什么呢。

他这么说，显得特别生气，见我揪着这个事情不放，还打了我。

那之后，我们的生活更加窘迫，又换了好几个住处。年月慢慢过去，他一直没能有所作为，就死了。

你大学毕业、结婚，在经济上各种照顾我。现在就是我最幸福的时光了。虽说有个词叫"如愿以偿"，但能过上现在这样的生活，放到以前，我是连想都不敢想的。

不过，就在我刚刚开始对这样的生活心生感激的时候，却发生了一件让人始料未及的事情。不是说患癌。人总是要生病死掉的，这不值得吃惊。做手术以后心脏的毛病也是，那都是命中注定的事。

话虽如此，在这个世界上，还真是到处都有奇妙的缘分啊。

母亲讲到这里停住了话头。似乎是要平复心情一样，她用双手抚上了自己微长的脸，随着这个动作，嘴唇也抿紧了。

"听了接下来的事情，你可别笑我啊。"

"嗯，我不笑。"

"在那边住院的时候啊……"

从这里望过去，能看到医院的半个建筑从树林的上方露出来。母亲望着那边，说道：

"遇到了一个和你爸爸同样气味的人呢。"

"气味？"

"和爸爸的气味是一样的呢。你要问是什么气味，我一下子也说不上来。是你爸爸胸口附近的那种味道。就是他脱下打底衫或衬衫之类的时候，那一瞬间，漫出来的味道。"

母亲说着，脸上露出的羞涩表情让我都有些不好意思了。她把脸侧过去，避开了我的视线。

和他不一样，我从小就喜欢吃面包。

我出生一个月后，母亲就死了。不久父亲就和一个年轻的女人私奔了，一直下落不明。我被亲戚们轮流抚养。留在我心中最早的记忆，就是烤面包的时候，酵母的气味。

四岁的时候，我寄居在一对和我没有血缘关系的远亲夫妇家中。那对夫妇家的隔壁就是一家面包店。每天早上五点，烤面包那香喷喷的气味就会飘过来。

这个家也很穷，很难有机会吃到刚烤好的面包。在面包店前面玩的时候，有时候店主人会心血来潮送给我面包吃。那面包的味道，我一辈子都忘不掉。

几年前去检查心脏的时候，住院的第二天，我见邻床病友的丈夫给她带去了面包店里刚刚烤好的面包，再看看自己盘里的吐司，不由得露出了羡慕的表情。

那个面包店店主对我说，不介意的话就尝一个吧。看年纪，他应该比你小三四岁。剃得干干净净的脖颈，细而深的双眼皮，其中似乎潜藏着手艺人常有的那种顽固和孤僻。

我说，这么早就给生病的妻子送面包来，这是个多么温柔的丈夫啊。女人告诉我，她的丈夫是面包店店主，自家的店离这家医院特别近。

我看了看床头贴着的患者名牌。上面写着铃本贵美江。

那天上午和下午都在做检查，傍晚四点钟，我才坐着轮椅回到了病房，连吃晚饭的力气都没有，就睡过去了。

你和孙儿们来看我。你们说明天再来，就回去了。你们离开后，我好不容易打起精神去厕所，在走廊里挪着无力的双腿往前走的时候，就看到早上见过一面的面包店店主正从男厕所里出来。他和我打招呼说，晚上好。

我见他之前都没陪在妻子身边，就问他去做什么了。他用只有我能听到的声音说，是去用医院的洗衣机洗衣服了。说，从出生起，都是母亲替他洗衣服，不过母亲在前一年的秋天过世了。他们夫妻有一对五岁的双胞胎儿子。有了孩子之后，每天都会有大量的脏衣服要洗。这家医院有给住院患者使用的洗衣机和干燥机，所以自从妻子住院之后，每天等店里打烊了，他就到这里来洗衣服。

厕所旁边的洗衣房的门上，贴着"住院患者以外人员禁止使用"的标示。

年轻的面包店店主为了不让护士和值班医生听见，压低声音，凑近了和我说话。

这时候，我闻到了一种熟悉的气味。那明明是一种沁透心脾的、令人眷恋的香气，而且也绝不是我的嗅觉或意识出了问题，但，我却不知道那种香气是从哪里传来的。

解了手，我回到床上，思索着那股让人怀念的香气到底是什么的味道。

我怎么想都想不出来。是洗衣液的味道吗？或者是我以前到医院看望病人的时候闻到的医院特有的味道？还是探望病人时送来的水果或花的香味？……

不，都不是。不是那种随处都可能闻到的香气。是我在更早以前闻到的、特殊而又让我难以忘怀的香气。那，到底是什么呢……

快到熄灯的时间了。我在睡觉之前又去了一次厕所。

啊，是了。那种味道是在年轻的面包店店主凑近我说话的时候闻到的。所以，那一定是酵母的味道。

我暂且找到了解释，就闭上眼睛准备睡觉。护士来关病房的灯，和我打了声招呼，说明天下午还有检查，鼓励我加油。

我"嗯、嗯"地点头答应着。又对躺在邻床的面包店店主的妻子道了晚安。

半夜醒来、又一次去厕所的时候，我终于想起了那到底是什么的味道。我明白了，那种令我怀念的味道，是我丈夫的体味。如同遭到雷击一样，深夜里，我在没有人的医院的厕所里，站了很久很久。

是我丈夫的香味。而且，是他胸部和脖颈一带的气味⋯⋯

我和那个年轻的面包店店主是在洗衣房门前聊天的。我朝那边走去。厕所里除臭剂的味道很重，我也知道，在洗衣房附近再次闻到那种香气是不可能的。我的心里就像条件反射一样，丈夫、面包店、在邮局工作的女人、她怀孕的肚子，全都一下子串在了一起，宛如针刺一般，向我的身体袭来。

我脑海里的那种香气，除了从自己丈夫身上闻到过，别处是再也没有的了。那和狐臭的那种气味是不同的，或者说，那并不是由于某种具体的理由而产生的单纯的气味。那是一种由某个确定的肉体所散发出来的、复杂又朦胧的、极其特殊的香气。

仅仅是微弱的空气流动就能让它瞬间消散。它很微妙，而且仅此一种……

这天晚上，我时隔十几年再次沉浸在对丈夫的回忆之中。而在电车中见到的那个女人的神情和她鼓起的肚子、回忆起来的丈夫的种种笑脸和怒容、他意气风发走路的样子还有疲倦的背影，却在我眼前逐一远去了。

我也很熟悉你的气味。毕竟你是我生的，是我养大的，我当然很熟悉你的气味。

但，你的那种香气，毕竟和我丈夫的不一样。那是你独有的香气。

那为什么，那个年轻的面包店店主，会和我的丈夫有着相同的气味呢。

生下你的时候是昭和二十二年。和那个邮局工作的女人同乘是在昭和二十四年。如果她当时已经怀孕六个月的话，她应该就是在这一年生下的孩子。如果是这样，那么那个女人的孩子就比你小两岁，今年应该三十三岁了。这也与面包店店主的年纪相符……

我时而迷糊时而清醒地捱了一夜。天就亮了。

一见面包店店主的妻子洗脸回来，我就问，您家的店名是什么。她回答说是铃屋。

我说，以前在六甲道站旁边，应该有一家叫做"铃屋"的面包店。她回答说就是这一家。她告诉我，战后，丈夫的母亲一手经营起了那家店。在她嫁过去差不多五年前的时候，他们卖掉了六甲道站的门面，到这附近开了新的店铺。

她说，丈夫的母亲性格直爽，不会讲究细枝末节的事。而且人很坚强，她决定的事情，一定会坚持做到最后。不过，对于儿媳的一些失态举动，她只是笑笑就过去了，是个好婆婆……

她说完这些，又说，丈夫马上就会带着烤好的面包过来了，要去迎一下，就往电梯那边走了。

我想看看那个年轻的店主和你有没有相像的地方，就暗自集中精神，目不转睛地偷偷观察。

要说像，也能找到像的地方。要说不像，也不像。

晚上七点半的时候，面包店店主会来医院的洗衣房。住院的时候，我每天都等他洗完衣服，和他站着聊一会儿。聊天的时候，我会把全部的精神都集中在嗅觉上。不同的日子里，那种气味也会有些许变化，但那种令人怀念的本质是不曾改变的。

要是我一直装作没这回事的话，也不会有人注意到吧。

但尽管如此，我却在想，为什么除了我往面包店里张望、没进店就回家的那天晚上之外，我和丈夫就再也没因为这件事情争执过呢……

他事业败落以后就是无休止地劳心劳神，还有接连的搬家，连安顿下来的间歇都没有……

大概是那种太过兵荒马乱的生活把我在某种意义上可谓是异想天开的想法挤到一边去了吧。不过，他毕竟把这件事情隐瞒到底了，还是挺有本事的。

但是，他肯定完全没有注意到自己的私生子和自己有着完全相同的体味。特别是，那种气味在他的胸口一带，尤其强烈。

而，那个女人呢？她有没有注意到自己孩子的气味和孩子父亲的气味相同这件事呢……

母亲说完，打开了副驾驶一侧的车窗：

"有花香飘过来了呢。"

说完，她似乎想要放松面部的肌肉，几次抿了抿嘴唇。

母亲讲话的时候，我几次去留意她的目光和声调。

她的体力已经十分衰弱了。虽然这段时间没有出现脉律不齐的症状，但身体仍然没有恢复。

再想到她的年纪，就算哪天突然患了老年痴呆症，也是很正常的。但，母亲的话却并不是那种病症所导致的呓语。从她的语气中，我能充分确认这一点。

"妈妈今天是要去那家面包店做什么呢？"我问。

"就是想，再见一次那个人的脸……"

"见了，然后呢？"

"就是见见。他成为很棒的面包店老板了。虽然没有父亲，但他帮着母亲经营，如今也是个很厉害的面包店店主了。很多孩子双亲俱在，但就是不学好，可他却长成了个好孩子呢。虽说心情复杂，不过他的妈妈确实是个高明的人啊。"

父亲买面包带回家的事。父亲的气味。曾经在邮局工作的女人。电车中奇怪的态度。女人怀孕的事。病房里邻床的面包店主的妻子，就是那个女人的儿媳……

这些事情在偶然间被连成了一条线，系在了正在住院的母亲的心头。我这么想着。

我从车上下来，俯视着神户港闪烁的粼光，和母亲讲了自己的想法。

然而她仿佛是在嘲笑我一样，挑起一边的嘴角冷笑起来。

"偶然？……那，你，去那家店里，去闻闻你爸爸的气味。你小时候一直在你爸爸腿上玩，还总趴在他胸口打盹不是吗？"

我想起来，除了我之外，母亲还有一个儿子。母亲和父亲是再婚的，当时父亲这边没有孩子，但母亲和她前夫有一个男孩。

"妈妈，你要是想见自己的那个孩子，不要顾忌，直接和我说就好了。"

母亲摇头，喃喃地说，生下那个孩子三个月后，他就被前夫抱走了。对那个孩子的记忆，也只有生了他，仅此而已。虽然她自己也觉得不可思议，但完全没有要见他的想法。

我和母亲没有去那家近在咫尺的面包店，就回家了。在回去的车上，包括回家以后，母亲再也没有提过那个面包店店主的事。

然后，过了一个月左右，母亲病倒了。

到了八月，我意识到母亲的病好不起来了。

母亲想要回家，我也希望她能在自己的家里迎接生命的尽头。

我把这个想法告诉了主治医师。医生也说，如果在家里有条件看护的话，也建议我们这么做。

从那以后，母亲开始重复地说着一些同样的话，更多的时候则是在故意不停地打着喷嚏。

再后来，她一迭声地喊着家里小狗的名字。小狗听到后，很高兴地把前爪搭在母亲的床上，盯着她的脸，母亲却猛地一口咬住了小狗的鼻子。此后，无论怎么叫，小狗都不再靠近她的床边了。

到了九月中旬，母亲不断重复地说着"爸爸的胸口"。

爸爸的胸口、爸爸的胸口、爸爸的胸口、喂——、爸爸的胸口……

家里的人认为母亲是在叫我，问我为什么不过去，仿佛我这个人十分冷酷无情似的。

无奈，我只得到母亲的卧室去。母亲露出十分厌恶的神色，斜眼看着我，只是挥着右手，仿佛在说：我没叫你来，给我走开。

不过，她这么做还是想要些什么的吧。如果不理她的话，就算是在半夜，她也会重复着"爸爸的胸口"，一喊就是一两个小时……

家里的人也很困惑，去问她原因。而母亲只是重复着同样的话。

"可能是想见我死去的父亲吧。"

我心里十分烦躁，说。

母亲去世的四天前，我又去了那家名叫"铃屋"的面包店。

有时店主在，有时则只有店员在。不过就算店主在的时候，我也想不出自己该做些什么。

我几次试着去闻那个人的体味。但每次，到最后都只是买回了五个长长的法棍面包和羊角面包而已。

十月七日那天母亲过世了。之后我也就不去"铃屋"买面包了。

在那段时间，店主也记住了我，还会和我聊上几句。于是，我对他说，以前您妻子住院的时候，邻床有个老婆婆，我就是她的儿子。

面包店的店主花了好长时间才想起我母亲这个人。

"是个很可爱的老婆婆呢。"

他说，又苦笑着念叨说妻子又住院了。说，看来是不行了。

也许是以为店里没人，也许是有意为之，这时候，一个年轻的女店员从里面打开了作坊的门。她探出头来，态度亲昵地朝店主喊了一声"喂"，随即闭上嘴，用一副欲言又止的眼神把他引到里面去了。仿佛是故意演给我看一样。我一句话都没有说，转身离开了。

如果没有见到这样的一幕，现在我或许还会偶尔去一下那家面包店。那样的话，我也可能会在不经意间说出些什么。

时雨屋的历史

从一家小广告公司辞职七八年后，我收到了一封信，是来询问一本名叫《时雨屋的历史》的小册子的。

我不认识寄信的人。那人只在信中说自己同"时雨屋"的老板有些因缘。信封里还塞了一张回信用的对折式明信片。

我出于某个原因想要找一本《时雨屋的历史》，但"时雨屋"早就停业了，店主也在昭和五十年时去世了，所以我费尽心力都没能找到。

正在我要放弃的时候，有个人告诉我，当初负责将《时雨屋的历史》编辑成册的人是您。如果您手上还有这本册子，那么能否转让给我呢？如果不方便的话，暂借给我也可以。

信里如是写道。

我对编辑过《时雨屋的历史》这件事已经完全没有印象了，脑海里甚至都找不到"时雨屋"这个词。

我以前在的那家小广告公司位于大阪的樱桥，离北新地很近，所以我也会瞒着公司帮附近的俱乐部或者小饭馆制作些开业广告之类的东西，赚些零花钱。不过当时也只做过很少的几次，所以如果这本册子是其中之一的话，我应该是不会忘记的。

我在回信的明信片上写：关于《时雨屋的历史》，您是不是有什么地方搞错了？我对这件事没有印象。随后寄了出去。

之后，对方没再联系过我，我也淡忘了这件事。然而，去年十月，就在母亲一周年忌日的两天以后，我又收到了一封和《时雨屋的历史》有关的信。这时距离上次收到的那封信已经有十二年了。不过，与十二年前的那封信不同，这次的收信人写的是我母亲，而寄信人则是一位名叫大杉日奈子的女性。

信的大意如下：

　　一直承蒙您的关照。已经有三十多年没跟您通过音信了。这些年来经历了很多事情，我儿子也都已经大学毕业了。他在总公司位于京都的一家家具厂工作，今年四十六岁了。

　　两三天前我整理旧物的时候，偶然在衣柜深处找到了一本《时雨屋的历史》。我很惊讶，又觉得感慨万千，就翻开来仔细看了一会儿。

翻到有您和柏木先生的合影的那一页时，我竟然有了想要亲自把时雨屋重新经营起来这种异想天开的念头。

不过话虽如此，我还是觉得，当时是我们太不懂得知恩图报了。尤其是我们对您的所作所为，简直是不堪言状的恩将仇报。而且，有些瘆人的是，母亲和我都在为此付出代价。到今天，母亲去世整整二十年了。

母亲把《时雨屋的历史》收在了我的衣柜里。拜此所赐，我醒悟到了自己当年的忘恩负义。我被自己那种发自内心的忏悔感吞没了。

屈指算来，您今年应该有七十二岁了。而我直到如今才能提起笔给您写这样的一封信。仅仅是做到这件事，却让我花了三十多年的时间。

前年春天的时候，我听人说，您在儿子儿媳的照顾下，子孙绕膝，正过着无忧无虑的生活。我会永远为您的康健而祈祷。

"时雨屋"到底是什么呢？为什么那本《时雨屋的历史》的小册子里面，会有母亲近三十年前的照片呢？

第一个寄信给我的人——我连他的名字都忘记了——为什么认为那本小册子是我编辑的呢？

我觉得有些悚然，不过还是给这个名叫大杉日奈子的人回了信。我在信里说，来信知悉，但我母亲已经在去年十月过世了。然而，大杉日奈子就再没回信了。

在这种有些奇怪的郁闷心情中，年关到了，工作的事情也都已经告一段落。我挑了一个没有任何安排的日子，用一个下午专心回忆了一遍三十年前我们一家人的生活。

三十年前我十六岁。母亲四十二岁。父亲是五十六岁。虽说之后再过两年左右，最艰苦的时候就熬过去了，但当时，我们住在大阪市福岛区的时候，父亲的事业一败涂地，母亲又患了酒精中毒。我们的日子已经凄惨至极了。

不过再往前回想三四年，我想起了母亲曾在道顿堀宗右卫门町路的一家饭馆里工作过。

工作时间是晚上六点到十一点，所以她总是只能坐最后一班市营电车回家。如果错过了，母亲便只能从道顿堀那边走回来。所以半夜一点钟才到家也是常有的事。

难道，"时雨屋"就是宗右卫门町路那家饭馆的名字吗？

我会这么想，是因为实在想不出其他的可能了。在我的记忆里，母亲在宗右卫门町路的那家饭馆里仅仅工作了三个月。我很确定这一点。

当时父亲开始了新的事业，要她辞职。我记得母亲很苦恼，嘟曦道：

"不管是什么原因，我明明和人家说好要在那里工作一年以上的，现在才干了三个月不到啊。"

在这短短三个月期间，母亲的照片就被登在了《时雨屋的历史》这本小册子上，而且那个可能是那家店的老板的女儿的人还寄来了那样的信，这其中的缘故我还是很难猜测。

不管怎样，父亲离世已经有二十五年了。母亲也刚过了一周年的忌日。那个"时雨屋"的女主人也在二十年前过世了。我想起"每个人都有曾经"这句话，决定不再去考虑有关"时雨屋"的事情，这样也能摆脱这些事情给我带来的郁闷。

然而，在新年后的一月十二日，有人把一本《时雨屋的历史》寄给了我。

它和文库本的开本一致，加上封面和封底一共有十六页，是用双色套印的。封面上是一幅简单的水墨画，画着一把伞，一只蜻蜓落在伞尖上。然后是写在封面左侧的毛笔字体的书名：时雨屋的历史，字体大小适中。

寄来这本册子的人并不是大杉日奈子，而是一个名叫伊势崎正哉的人。我觉得他有可能就是十一二年前寄信给我的那个人，不过我的记忆也模糊了，到最后也没搞清楚到底是不是同一个人。

"时雨屋"不是饭馆，而是一家旅店。大正十二年，这家店在大阪南森町开业。昭和二十年在空袭中被烧毁，四年后在原址上重建。

我翻开小册子，在里面找到了母亲的照片。母亲和一个穿着厨师衣服的高个子男人站在一起，摆出了一副一本正经的表情。不过照片下面只写了那个男人的名字："第三任厨师长·柏木善之"，没有母亲的名字。

这本小册子是昭和三十七年十月五日印行的。当我看到旁边印着的编辑者姓名时，不由得"啊！"地喊出了声。那分明是我的名字。

昭和三十七年时，我只有十五岁。那正是我最憎恶母亲的时候。

在那一年前的时候，母亲开始沉湎于酒精。好多次都是因为她白天终日饮酒，在傍晚时分醉得不省人事，躺倒在离家不远处的市营电车轨道上。

见母亲这个样子，我总想要避开她。我会在中学校园里练习单杠直到晚上，或者毫无目的地一路溜达到梅田的繁华街去，借此打发时间。

"我在派出所上班可不是专门为了保护你妈妈啊。"

附近的警察好几次这么对我说。

电车的司机也会说：

"老是这样让电车停下的话，我就要让交通局找你们索要罚款和赔偿金了。"

我不知道怎么回答好，只好低头说："对不起。"

父亲做生意失败后被人追债，他为了躲债，一个人逃了。虽然我心下明白，是这些遭遇导致了母亲的自暴自弃，但不知为何，我却只憎恨母亲一个人。甚至可以说，我对父亲是几乎没有什么厌恶感的。

我的母亲，在别人面前，曾经做出过那样丢脸的举动吗。躺倒在市营电车轨道上面痛苦地翻滚，把裙子掀起来露出内裤被路过的人用下流的语言嘲笑，被电车司机扯着头发拖来拖去，即便是这样还想继续喝酒，还跑去附近的朋友家借钱……她以前是这样丢脸的女人吗。

母亲的神志恢复正常以后，我还是习惯用侮辱和憎恶的眼光看她。母亲的酒精中毒症状一直持续到父亲去世的昭和四十四年，不过说不定，在那以后，我对母亲的那种憎恨之心还依然潜藏在某处，未曾消散。

而且，母亲也能感受到我的这种心态，直到她去世。

"这孩子，总是用很可怕的眼光看我。"

母亲晚年偶尔会对我妻子和孩子说这样的话。自从她患了轻度脑梗卧床不起之后，就只会用一种机械性的眼光望着我。现在想来，那应该不是生病导致的目光呆滞，而是面对始终没有原谅自己的儿子时的感情使然吧。

为什么当时只有十五岁的我却成了《时雨屋的历史》这本小册子的编辑者呢，还有母亲和"时雨屋"又有怎样的因缘呢。我实在无法无视这些，于是，给那个叫伊势崎正哉的人写了封信。

确实，编辑者写的是我的名字。但这本小册子出版的时候，我只有十五岁，而且我也完全不知道这家名叫"时雨屋"的旅馆。这本册子里有我母亲的一张照片，这让我十分在意。如果您知道有关"时雨屋"和我母亲的事情，希望您能告诉我。我觉得直接会面可能比书面交流的形式更好，您觉得呢？如果您同意的话，我就到您指定的地点同您见面。

五天后，我收到了住在京都中京区的伊势崎正哉的回信。信中说，他二月二日要因公到大阪出差，当晚七点，就在 R 旅馆的前厅等我。又说，如果我不方便的话，就提前通知他一下。

到了约定见面的日子，我把《时雨屋的历史》塞进大衣口袋里，在梅田的书店买了三本书，然后打车去了 R 旅馆。到达的时候，雪下了起来。

我是提前半小时到的。我先在前厅里大略扫了一下可能是伊势崎的人，然后就进了里面的一家咖啡店。在那里，我又一次翻开了不知已经读过多少遍的《时雨屋的历史》。

"时雨屋"开业于大正十二年十月，创始人叫做大杉吾平。最初，它只是一家没什么特色的商业旅馆。吾平在昭和十二年去世，"时雨屋"由其长男大杉慎平继承。此后，"时雨屋"转型成了一家料理旅馆。

慎平当上"时雨屋"的第二任老板时三十五岁。他是个颇为风雅的人，热衷于搜集书画和陶器。而且他自己也会作画，还曾到丹波的窑中专心烧制陶器。

当时他受鲁山人[①]影响很大，于是就把自己烧制出的不错的陶器用作餐具，开始向料理旅馆的方向转型。

他还在京都的名饭店中挖来厨师，也勤于经营，又得到了关西地区的一些财政界人士、文人、画家的青睐。于是这家只有七个房间的"时雨屋"总是处于客满的状态，来往的还都是些讲究吃食的人。

慎平有个比他小两岁的妻子，叫做梅乃。两个人没有孩子。

第二次世界大战的时候，"时雨屋"也停业了。慎平和梅乃被

---

① 北大路鲁山人（1883—1959），日本艺术家。

疏散到丹波。疏散期间，慎平在昭和十九年突然死去，享年四十二岁。死因是破伤风。

战争结束后，他的妻子梅乃回到大阪，为了重建毁于战火的"时雨屋"而四处奔走。昭和二十六年，她继承丈夫的遗志，重新经营起了这家虽然小但很有品位的料理旅馆。在此四年前，当时二十五岁的大杉日奈子入籍成了她的养女。

随着战后重建，以前的那些常客渐渐回来了。"时雨屋"作为一家以有价值的料理和餐具为卖点、且不拘于形式的料理旅馆一直经营了下来。慎平的确很有远见，在疏散的时候，他把自己那些贵重的书画和陶器都转移到了丹波。

这就是"时雨屋"从开业到出版这本小册子的昭和三十七年之间的简单历史。不过在这其中，我发现了一处可以称之为"异常"的文字。这让我觉得很不可思议。

那就是，养女日奈子曾在昭和二十二年产下一个男孩，但那里却记载着"生父不详"几个字。

在《时雨屋的历史》这本册子里记下这种事情，究竟是出于怎样的意图呢？

即便这个记载是真的，但把这件事写在小册子里对外公布，这种做法怎么看都是不合常理的。

大杉日奈子在信里说他的儿子已经大学毕业，今年已经四十六岁了。也就是说，就是这个儿子的父亲"不详"。

我停止了思考，刚刚把视线落回到《时雨屋的历史》上，一个手里拿着深蓝色外套、耳垂显得特别大的男人就喊了我的名字。

虽然姓氏不一样，伊势崎可能就是大杉日奈子的那个儿子。我正这么想着，对方就马上证实了我的所料没错。这个和我同岁、看面相就是个老实的小职员的伊势崎，自己先开了口：

"我是大杉日奈子的儿子。"

他问我，在这里谈话可以吗？

换个地方的话，就要和这个第一次见面的人一起吃饭，我觉得太麻烦了，于是便答道，如果您觉得没问题，就可以。

"我母亲无论如何都一定要我把《时雨屋的历史》寄给你。"

伊势崎注视着我手上拿的册子，告诉我。随后他点上一支烟，说：

"母亲收到您的回信之后，仿佛自暴自弃一样，住进了一个完全看护式的温泉养老院。她才七十一岁，腰腿都还结实，八年前做过一个胃癌手术，康复之后总是认真地说想要重新经营'时雨屋'。"

"为什么编辑者的名字写的是我呢？"

"唉，这个母亲也不清楚。她说可能是她的养母自作主张写的吧。"

伊势崎告诉我，在他母亲给他看《时雨屋的历史》之前，他完全不知道关于这本小册子的事。他说，接下来要告诉我的话，都是从他母亲那里听来的。他母亲拜托他，如果有机会，要他一定将这些事原原本本地转达给我。

我的父亲和"时雨屋"的第二任老板大杉慎平关系很好，劝他将"时雨屋"这个商业旅馆转型成一个料理旅馆的人正是我的父亲。

当时我父亲从事对中国的贸易工作，在关西一带算是屈指可数的大商人，还在上海开了分店。

中国那边的贸易伙伴来日本的时候，我父亲总会安排他们住在"时雨屋"。有时慎平还会拜托他帮忙搜集中国的旧陶器。

父亲和母亲结婚时，还把"时雨屋"包下来举行了婚礼。

慎平在疏散地去世后，他妻子梅乃为了重开"时雨屋"四处奔走，我父亲曾借给她一大笔钱。

我母亲相当擅长厨艺，她的手艺甚至会让专业厨师心生嫉妒。昭和三十年以后的一年左右时间，她每个月都会有一两次拜托朋友照看我，自己到"时雨屋"去住。那时候，她还会到"时雨屋"的厨房里，亲手做一些下酒菜。

母亲原本身体很弱，当时她在中之岛西边的一家中华料理店工作，非常累。住到"时雨屋"，一方面是我父亲想让她放松一下身心，更多的则是因为他们想要暂时放下孩子，在旅馆度过只属于二人世界的夜晚。

他们基本都会选择周六的晚上到"时雨屋"住宿。母亲先去，然后在那里等我父亲。母亲从"时雨屋"的玄关往二楼房间走的样子甚至有点像一个前去幽会偷情的女人。相熟的朋友会开玩笑地对她说：

"偷情的时候可别把头巾落下了啊。"

那一年直击大阪的台风让父亲在战后的新事业遭受了致命的打击，反复多次的涨潮满潮让沿岸仓库中储存的产品全部泡了水。

这次台风到来的两个月前，"时雨屋"的女老板梅乃，和她的养女日奈子之间爆发了一次激烈的争执。

失去丈夫的梅乃将已经二十五岁的日奈子收为养女，其中也有一些错综复杂的缘由。

日奈子的父亲是个古董商人，他是大杉慎平涉猎书画和陶器的最早的领路人。不过这个人很花心，后来和妻子离婚了，同女儿日奈子一起生活。

看上去他也就是个普通人，但不知道为什么，他总要在女人身上挥霍无度。可能是女人带来的刺激能让他得到某种纾解吧。

回到大阪的梅乃刚刚决定想要重新经营"时雨屋"的时候，还要想尽办法让自己能够一个人生活下去。她去找到日奈子的父亲，希望能借些钱来。她想用丈夫珍视的陶器做抵押，这样对方就能借钱给她了。

那时日奈子的父亲年纪刚过不惑。虽然从审美的角度来说这些陶器的市值已有公论，但他并不愿意做那种公平的买卖。战争开始后，他那种与生俱来的投机商天性给他招来了很大的麻烦，乃至生意都开始渐渐颓败起来。当一位寡妇拿着保存完好的古伊万里^①大盘前来借钱的时候，在他看来，这无异于稚子怀金过市。

头脑灵活、不近人情又性格果断的梅乃身处在那种无依无靠的遭际中，仿佛魔鬼附身一样，被日奈子的父亲彻底骗倒了。几个月后，等她头脑清醒过来时，很多陶器已经不翼而飞了。日奈子的父亲把它们卖了钱之后，人就失踪了。

日奈子也不明白梅乃到底是怀着怎样的心情将自己收为养女的。不过，在战败后的乱世中，日奈子也必须找到属于自己的生存之道。

不论梅乃的动机为何，用她当人质也好，为了复仇也好，或是出于怜悯之情也好，对于日奈子来说，成为对方的养女就意味着自己最基本的生活得到了保障。因为当时，一些旧时财政界的客人已

_____

① 一种瓷器，作为古董有很高的价值。

经开始帮忙重新经营"时雨屋"了。

在日奈子正式成为梅乃养女的仅仅二十天之后，她发现自己怀孕了。她只知道孩子的父亲是三个男人中的一个。

但她只记得每个男人都是一身酒气，还有他们放荡的目光。名字自不必说，就连这几个人的相貌和身形，日奈子都无法准确地描述出来。她在工作的酒吧里被客人灌醉之后，就卖了身。

这件事她一直瞒着养母梅乃。她心里一直盘算着要想办法处理，但一直拖到了再也遮瞒不住的时候。这时她再想堕胎也来不及了。

"时雨屋"重新开业那年，日奈子生下来的男孩被送给了一对没有孩子的夫妇。

梅乃劝她放弃孩子。日奈子对此并没有抵抗，也没有犹豫。

不过梅乃和日奈子之间的争执每次都是从这个孩子而起。虽然她们都称得上是性格大度的人，但两个人的脾气也都很刚强，加之二人之间又偏偏建立起了这种微妙而不自然的养母女关系，所以梅乃和日奈子之间几乎事事冲突，简直是为了互相憎恶而生活在一起的。

我的父母对她们两人很了解。梅乃和我父母很交心，不光是店里的事，私人的事情也会敞开心扉对他们讲。

但日奈子却不会这样做。对于梅乃，她一直抱有自卑心理，还有一种屈辱感。"时雨屋"的经营步入正轨之后，她一直期待着自己能够独占这家店，所以她对梅乃还有梅乃仅有的朋友，我的父母，一直都是阳奉阴违的态度。

那天晚上的争吵一开始是因为梅乃指责日奈子接待客人的态度。结果两个人相互指责，渐渐地难以收场了。梅乃骂日奈子卖淫，日奈子听了勃然大怒，一把抄起了手边的水果刀。梅乃觉得危险，便跑到走廊里。日奈子把水果刀朝她扔过去，结果没有扔准，刀子穿过隔扇，飞到了一间有客人的房间里。

日奈子知道自己闯祸了，从账房跑到后院，光着脚从"时雨屋"逃了出去。

我父亲这时还没到"时雨屋"来。我母亲洗完澡正在等他，这时听到了楼下的骚动，就从楼上下来了。

万幸的是那把水果刀没刺到屋里的客人，不过客人当然大为光火，冲着梅乃大喊："让扔刀子的人给我出来，我要把她送到警察那里去！"

我母亲了解事情的经过后，便对客人说，扔刀子的人是自己，又跪坐在走廊里向客人道歉。

她说，自己有些喝醉了，就拿着水果刀模仿武侠剧里面扔手里剑的样子，结果手滑了，刀子飞了出去。这和客人受没受伤无关，这种恶作剧，要是扔得再偏一点就可能让人丧命，请您把我送到警察那里去吧。

我母亲这样说。

等日奈子战战兢兢地回到"时雨屋"的时候，客人已经消了气，总算没有酿成什么后果。虽然客人当时很生气，不过也没真的把我母亲送到警察局。

不久之后我们一家就搬离了大阪。等我们再次回到大阪的时候，"时雨屋"已经衰败了很多，人们都不会再谈起那里了。

再后来我母亲突然造访"时雨屋"，已经是昭和三十六年的事情了。

她说："真的不好意思，我是来借钱的。"

但她一句都没有提及"时雨屋"刚刚重新开业的时候我家曾借给她们很大一笔钱，也没有提起当初对客人撒谎说是自己扔了刀子、保护日奈子的那件事。

梅乃和日奈子都没有借钱给她。我母亲就说，今天我来借钱的事，请千万不要告诉我丈夫。然后就回去了。

第二年，梅乃到梅田的百货商店买东西，偶然遇到了我父亲。久别重逢，两个人自然不会站着聊一会儿就告辞而去，于是梅乃邀我父亲到咖啡馆去坐一会儿。那家咖啡馆里摆着一个小册子，上面印了咖啡的冲泡方式和咖啡豆的种类产地等等，方便客人了解。

我父亲看了就提议说，要不"时雨屋"也做一个这样的小册子吧，可以介绍一下过世的慎平曾经搜集的书画古董，还能讲解一下"时雨屋"的经营理念之类。如果把这样的小册子给客人们看，不但是一种宣传，而且能够给大家普及一下欣赏器物的知识。

梅乃对于拒绝我母亲一事心怀愧疚，于是委托我父亲制作这个册子。她想，哪怕最后只付给他一些微薄的报酬，也多少能报答一点对方的恩情。

父亲说："制作这种东西也算是我的本职工作了。我年轻的时候曾经搜集过很多家和果子店的资料，出版过叫《甜党日记》的季刊杂志呢。"

那以后，父亲几度前往"时雨屋"，同梅乃商量编辑册子的事情。

册子里的文章都是我父亲写的，里面的照片也是他选的。

里面还收集了历任厨师长的照片。不过只有第三任厨师长的照片是和我母亲的合影。其实当时是可以把我母亲从照片里去掉的，而且我父亲和梅乃本来都打算这么做。不过主张把合影原样印上去的，是日奈子。

日奈子只说："因为她是时雨屋的恩人。"

最后审校的时候，梅乃在上面的空白处添了一行字。

她在"昭和二十二年，养女日奈子生下男孩"的后面，加上了"生父不详"几个字。

我父亲曾经问过梅乃为什么要这样写，还问她日奈子是否知情。

梅乃说："这件事给你添麻烦了。你只需要按照委托人的想法做就好了。虽说我也会付一点报酬，不过请别忘了，这本来就是没有什么必要的事情，所以请你不要管那么多。"

《时雨屋的历史》制作完成后不久，我母亲拿着梅乃给我父亲的报酬，造访了"时雨屋"。

母亲带着她惯常的那种悠然的微笑，对梅乃和日奈子说："我就是那种完全没有关于自己父母的回忆的人。"

她说："还没断奶的时候，母亲就抛下我去世了。父亲和一个年轻的女人私奔了，从那以后行踪不明。'生父不详'……嗯，对于世人来说，这也算不得什么丢脸的事。不过，有权写下这句话的人，只有日奈子的孩子而已。其他人是没有这个资格的。不经过她的孩子的许可，就把这件事写在一本书里，让它完全暴露在人们面前，这种事不该做。制作这种东西还拿报酬，这也是我们的耻辱。我想我已经把意思传达给你了。我现在的精神完全是靠酒精撑着，每天都会露出一些难以启齿的丑态来。

"但即使这样，和那些事情相比，拿这样的报酬是更大的耻辱。我是来把钱还给你的。今天我来还钱的事，请千万不要告诉我丈夫。"

母亲始终保持着笑容，说完就回去了。从那以后，梅乃和日奈子再也没有和我的父母见过面。

从那之后，"时雨屋"的经营江河日下。梅乃试过投资股票，也试过在京都开饭店，但全都失败了。昭和四十九年，她因脑出血倒在了大阪车站的月台上，可以说是猝死。她从未对人说过自己加上"生父不详"那几个字的原因。日奈子看到《时雨屋的历史》里面"生父不详"几个字之后，便把这些小册子全部烧掉了。不过，梅乃把自己手边的两本《时雨屋的历史》藏在了日奈子的衣柜深处。

伊势崎讲完，又对我说，在他母亲给他《时雨屋的历史》之前，他完全不知道自己是一个"生父不详"的人。他神经质似的，一直在眨眼。

我问他："这本小册子，怎么处理？"

伊势崎说："剩下的一本我会拿着。"

我说："那这一本我回去的路上就找个垃圾桶丢掉了。"

我离开 R 旅馆，在雪中走着，找到一个垃圾桶，把《时雨屋的历史》丢了进去。过了一座桥后，我往福岛西路走去。大阪的市营电车已经消失很多年了吧。现在这一带已经没有过去那种电车轨道了。我在母亲以前大醉后让电车停驶的地方停下了脚步，脑海中浮现出她像烛火静静熄灭一样地死去之时，那安详而好看的脸。

父亲为什么要在编辑者的地方写下当时只有十五岁的我的名字，还有第一次来信问我《时雨屋的历史》的人究竟是谁，我仍然不知道。

钓深海鱼

　　大概是十七八年前的事件吧。住在附近一栋出租公寓一楼的年轻太太，被强盗用刀砍伤了手指。

　　之所以过了这么久都没有忘记这件事，那是因为，有很短的一段时间我被怀疑是犯人。

　　那栋公寓和我们一家当时租的房子之间只隔着一段很矮的砖墙。

　　那段时间我正失业，每天无所事事地虚度时光。失业保险还能再领三个月，于是我决定过年之后就去找工作。

　　妻子那天带着两个孩子去车站前的超市买东西了。虽然外面很冷，不过还有阳光，我也打算出去呼吸一下户外的空气。刚在狭窄的玄关里换好鞋子，就听到住在附近那位和我家交情不错的太太来敲门。她一看到我就倒抽一口凉气，嘴巴半张着，吓得不能作声。我问她怎么了，但她就那样一言不发地盯着我看。

　　听说是强盗闯进了旁边公寓的房间。刚刚警察来了，引起了很大的骚动。

"若尾太太的手指被强盗砍伤了呢。三根手指几乎给切断了，挂在那儿晃来晃去的。"

邻家太太用一副欲言又止的表情说道：

"那个犯人，和你年纪差不多，身形和你一样瘦，穿着一件红褐色的毛衣，跳墙往你家这边逃了。"

强盗用切刺身的菜刀刺向正在熟睡的婴儿，若尾先生的太太为了保护孩子，情急之下抓住了刀刃。犯人吓了一跳，拼命夺回刀子逃走了。

"犯人的这些特征，怎么全都和我很像啊？"

我拉起毛衣看了看，露出了苦笑。虽然没和若尾太太说过话，不过我们也互相认识。不管她当时多么惊慌失措，也不至于把我错认成犯人吧。

这么想着，我放下了心。不过随后来访的两个警察却一直纠缠不休。

我家面朝着那栋公寓的玻璃窗不知道被孩子用什么东西给打碎了，修玻璃的人一直没有来，没办法只好先用胶带把硬纸片贴在那里挡着。

警察问我，这块玻璃是什么时候打碎的，还问我为什么失业。在我回答问题的时候，其他警察就在墙边用石膏提取足迹。

警察们一副"就把调查重点放在这个人身上了"的样子，来调查的警察也已经增加到了五个人。不过，我这个"嫌疑人"居然还是一副"随你们问"甚至是"你们打扰到我了"的表情。我觉得，在我不知道的时候，在医院询问受害者的警察大概已经得到"犯人不是这个人"的回答并且报告上去了吧。

这件事基本就是这样。由于附近发生了流血事件而遭到警察问讯搜查的人应该比我们想象的还要多吧。

不过，同自己关系不错的一家人遭到杀害，凶手又是自己认识的人……经历过这种事件的人应该不会很多。而且，那还是一件备受世人关注的极不寻常的事件……

一天，刚上中学的二儿子带了一个同学回家玩，是个看上去有点滑稽的少年。

"初次见面。我叫白桦满之。"

少年用颇为正式的语气做了自我介绍，然后有些害羞地低下了头。我也站起身来同他打招呼。

"白桦，就是白桦树的白桦吗？"我问。

"他的外号叫'河马'①，小河马。长得不也挺像的嘛。"

①　日语里"河马"和"桦"读音相同。

二儿子说着，拽起"小河马"的手往自己的房间走去。

"你这家伙还能这么正式地做自我介绍啊，蛮厉害的嘛。我就不会这样，没想到你家教还挺好的呢。"

我话还没说完，他们两个就跑到走廊里去了。

后来"小河马"也常来我家玩。他个子很矮，体型圆圆的。按牙齿和牙龈的大小比例来看，他的脸和嘴唇就显得特别大。这个长相和孩子们给他起的外号还是蛮相称的，加上"白桦"这个姓又很少见，结果连我也认可了他这个外号。之后，我和妻子也都喊他"小河马"了。到最后，有时候我们甚至会面面相觑地想："那孩子的本名叫什么来着？"

对于孩子们交到的朋友，我和妻子都会注意不去询问对方的家庭情况。我们觉得，做父母的不能给孩子作出那种"靠职业、学历、头衔来推测别人的人品"的错误示范。

不过我们每次聊起"小河马"的时候，总会偷偷猜测，他大概是在那种家教很严的家庭中成长的吧，或者他父亲或母亲可能是那种在行为礼仪方面很唠叨的人。

如今的孩子，第一次到别人家里的时候能够像他那样彬彬有礼地打招呼的，确实可以说是难得一见了。

五月末的时候，我听儿子说，"小河马"有两个父亲。

说是他和母亲还有两个父亲四个人一起生活。其中一个父亲是卡车司机，另一个是木匠。我觉得，虽然只是刚上中学一年级的孩子，但说出这种话未免也太过孩子气了。我多少有点挫败感，只是说："唉，毕竟每个人都会有各种各样的事啊。"

我并没有深究下去，也没有特别在意这件事。

到了六月中旬的时候我才知道儿子说的这些都是实情。

那天警察局打来电话说，您家的孩子偷了辆摩托车，现在正在局里接受调查。妻子听到后吓得面如土色，赶忙到警察局去了。

有几个高年级的学生跟同伴说起，把摩托车的钥匙拔下来，再用铁丝或者别针之类的给引擎直接通电，就可以把车发动起来。我儿子和"小河马"在一旁偷偷听到了，就想亲自试一试。

从学校回来的路上，他们看到一片住宅区前面停着一辆小型摩托，"小河马"又在路上捡来了一根铁丝。

于是他们就想看看是不是按照高年级学生所说的那样做就可以发动引擎。引擎是发动了，但没想到那辆摩托车还挂着挡，一下子就动了起来。两个孩子又不知道怎么刹车。

结果他们被摩托车带着在路上跑了起来。这时候刚巧有一辆巡逻的警车经过那里。

摩托车撞在电线杆上倒了。我儿子被警察掐住后脖颈当场抓获，"小河马"转身就跑，一个小时后也被抓住了。

天擦黑的时候我儿子就被放回家了。不过"小河马"因为企图逃跑，一直在警察局接受审讯，到晚上十点钟才放出来。

正在我责骂儿子的时候，摩托车的车主打电话过来，口气粗暴地说，摩托车前轮部分被撞坏了，要我们赔偿。

赔偿当然是应该的。我也不想给对方留下比较坏的印象以至于把事情闹大，所以准备让孩子去跟人家当面道歉。而且我觉得当晚就去比较好，于是就给"小河马"家打了个电话。

"小河马"的父亲在电话里说："我们正狠狠地教训他呢。"又说，让您家的孩子也卷了进来，十分抱歉。

我说，也没什么错的，孩子们正是做这种事的年龄。我和他讲了摩托车的车主打电话过来的事，随后又对他说了我的想法。

我听到电话那头有商量的声音。然后另一个男人接过了电话，说：

"您说得对。我觉得现在应该立刻去给对方道歉。他妈妈就是脑子转不过弯来，连这种显而易见的事都没考虑到。"

我们约好在离摩托车车主的住宅区不远的一个公园碰头。

"小河马"和他的母亲还有两个男人一起来了。初次见面，我和妻子同他们打过招呼，但却不知道哪个才是父亲，于是问道："那个，孩子的爸爸是？"

"唔，暂且，我们都是。"

那个穿着紫色网球衫、肩膀几乎比我宽一倍的男人笑着说。

另一个眉侧有一道很深伤疤的圆脸男人大声笑起来，朝我儿子问道：

"你们好傻啊。不能跟人说你们是要偷车而去搞发动机的。不是没想偷车吗？"

这个人叫堀田鹤男，那个穿紫色网球衫的叫川合铁次。"小河马"的母亲白桦映子管他们叫"小鹤""小铁"。

看上去，白桦映子要比两个男人年纪大。她过于消瘦的身形里似乎藏着那种操劳持家的疲惫感。不过她说话的方式倒是很轻快，一举一动中，总觉得她的眼梢鼻翼飘着些多情的艳色。

那天晚上认识以后，小鹤和小铁有时会把从和歌山海上钓来的鱼或是在四国山里采来的野菜送到我家。不过不管我和妻子怎么请，他们也从不到屋里来坐一坐。

我儿子和"小河马"都被送到了家庭裁判所。暑假快结束的时候，我家收到了不作处罚的通知。

儿子觉得自己没逃跑所以得到了原谅，不过还是担心逃跑后被抓到的"小河马"会得到什么样的判决。妻子说，虽然两个孩子的判决一定是相同的，不过以防万一，还是去他家问一下吧。

回来之后，儿子兴高采烈地说"小河马"的通知也是一样的。说完，他又问我和妻子：

"小鹤和小铁两个人确实都是'小河马'的父亲啊。你们不觉得这件事很奇怪吗？"

儿子曾经直接问过他们二人哪个才是"小河马"真正的父亲。

结果小鹤坚持说是自己，小铁也笑着说是自己。"小河马"的母亲则一本正经地说：

"我也不知道他们俩哪个才是。"

妻子听了有些担心，和我说，儿子朋友的家庭情况是不是有点复杂。不过我觉得，孩子就是要在接触社会复杂性的同时得到成长，而且他们也有属于自己的判断能力，应该让他们去自由选择。

之后，大概每个月两次，"小河马"的"两位父亲"会把他们钓的鱼送来给我们。有时是两个人一同来，有时则是分别过来。作为还礼，我和妻子则会把一些点心或者威士忌什么的交给"小河马"带回家。两家的交情就是这样，既不算太近，也不算远。

距离年末假期还有几天的一个星期六，儿子问我们，能不能和"小河马"一家一起去钓鱼。是"小河马"的父亲说他们要去明石一带的海上钓鲽鱼，如果我儿子想去的话，可以带上他。

我也知道小鹤和小铁都很喜欢钓鱼，只要有时间他们就会外出海钓。

儿子告诉我："他们说，明天会借一艘很大的船，船长是他们的老朋友。"

我和妻子同意了，儿子马上就给"小河马"家去了电话。妻子听说他们半夜三点钟就要出发，顿时慌了，因为不但要给孩子准备防寒用具，而且最迟也要在两点半之前把他叫起来。

我把电话接过来，听到小鹤说，租船店会准备好所有的用具，所以什么都不用带，人来就可以了。说现在还有六个小时的睡眠时间。

"我们要去借长筒胶靴，所以能告诉我你们的鞋码吗？"

"我们的？"

"是啊，爸爸妈妈还有哥哥的，你们不全家一起来吗？"

原来是邀我们一家都去，儿子还误以为他们只邀请了自己。

"三点出发的话，到码头得四点半了吧。再作一下各种准备，开船就要到五点以后了。过午起锚，就算路上再拥挤，下午三点钟之前也能回来了。偶尔去呼吸一下海风，看看无际的大海多好啊。生命在于运动嘛。"

我从来没去海钓过，被小鹤这么一劝，觉得去参加一次也不错。

我用手捂住电话听筒，把小鹤的话转告给妻子和大儿子。

他们露出了为难的神色，不过见我一反常态地非说要去，他们拗不过，也就答应了。

既然决定要去了，妻子便找来了厚夹克和防风运动服，又连同

"小河马"一家的份一起，开始准备起便当来。

两点半刚到，小铁就开着一辆面包车来了。我只小睡了两个小时左右，妻子则干脆没有睡。不过当我们看到"小河马"一家一副起床后神清气爽的样子，对他们的活力十分叹服，自己的困意也跟着消失了。

"昨天打完电话，还抓到小偷了。"

小铁边开车边说。

"那些家伙的目标是小鹤的翻斗卡车。之前我们就注意到他们了。是个三人的专业盗窃团伙。今年来，那些自己有卡车的工友就有人着了他们的道。真是没办法啊。"

"抓到了吗？"我问。

"这些人偷东西也是煞费苦心，为了偷一辆车，要在附近偷偷观察三四天呢。他们会先调查车主的住处，然后在附近等着人家晚上关灯睡觉。嗯，他们应该也会调查一些其他情况。总之，等他们觉得已经绝对保险了，就去往货斗里面装东西。这样的话，就算被附近的人看到，别人也会觉得这些人是在用自己的车干活呢。"

小鹤告诉我们，三个小偷里有两个跑掉了，抓到的一个只有十七岁。

"他说自己是被那两个人命令才干的，哭着跪坐在地上道歉。不过我们还是狠下心把他送到派出所去了。这下才知道，这家伙就是主犯，还说什么自己是被逼的。他裤子口袋里有一本手账，里面记着准备去偷的卡车的年式、车牌号还有型号什么的。这伙人在三重县有个工厂，他们在那里把车上有标识的部分改装掉。"

小铁说，这几个人背后似乎还有个很大的组织。

"当时为了买那辆车，我工作存了七年的钱，不过还是不够，又找人借了一些钱。像我们这种不在公司上班的人，又搞不到正规贷款。"

车子开进阪神高速公路神户线时，妻子和两个孩子都睡着了。"小河马"和他母亲也在座位上低头打起盹来。

我问他们，是不是经常像这样全家外出钓鱼。小铁摇了摇头，朝"小河马"和他母亲扬了扬下巴，说：

"这两个人也是头一次去钓鱼。"

"十八年来，我都是和这家伙去钓鱼。从二十岁的时候就开始了。这十八年来我们一直一起生活。不过到现在也差不多了，总得有个人先离开。满之也不会永远是个孩子啊。"

小铁这么说。看他说话的样子，分不清这话是在对我说还是在对小鹤说，或者是在对他自己说。

"那我们就猜拳决定好了。"小鹤小声笑着说。

抵达明石港之前，小鹤和小铁零零碎碎地聊了一些关于他们的事情。不过完全没有谈及身世。

"猜拳决定，是要决定什么呢？"

车子开上了沿海的县公路，我望着冬夜海上几艘船上的灯火，问道。

两个人都没有回答。半晌，小鹤才对小铁说：

"去医院查一下就能立刻知道了吧。

"检测 DNA 什么的。听说测一下那玩意儿，很容易就知道谁是亲生父亲了。"

"那种事，我才不去。"小铁说。

"那还是猜拳决定比较好嘛。"

我正要把带来的酒瓶拿出来，小铁看到后，眉旁的那道深深的伤疤被他笑成了酒窝。他阻止我说，乘船之前不要喝酒比较好。

才早上五点钟，几家租船的店子就已经热闹起来了。

我们换上连裤胶靴，围坐在租船店的暖炉旁，吃了妻子做的便当。周围都是在用钓鱼用语交谈的人，钓船引擎排气管处的烟雾时浓时淡的。

"昨天钓上来十五条相当可以的鲽鱼呢。"

租船店老板用手比画着鱼的大小，还一直用手指戳着贴在墙上的海图。

"这些也都是十一点之前钓到的呢。之后，就完全不同了。今年的海流变化特别快，很难提前掌握。那些依赖机器的家伙常常会空手而归呢。邻居家那个傻小子，在船上装了各种各样的雷达什么的，不过在这边的海上完全没用。"

"但用雷达，能以米为单位探测到船只下方的情况吧？"小鹤说着，给我的两个儿子戴上毛线帽子。

"那算什么啊，不用雷达，我就能以十厘米为单位知道海里的情况。"

老板不开心地说，然后去船上进行出航的准备了。

"那个大叔虽然脾气古怪，不过从来不会让客人空手而归。"

小铁说完，又命令大家都去厕所。

隐约觉得天马上就亮了的时候，我们上了船。虽然船还系在岸上，但被海浪摇晃的幅度远比我想象中的大。船长刚上船，妻子就脸色苍白地说不行了。

"快吐了。"她说。

"还没开始钓鱼呢。再忍一下吧。"听到我的话，小鹤和小铁都笑了，说，在船上可是忍不了的。他们劝道，既然晕船这么严重，就去租船店里睡一下吧。

这时候，大儿子也说觉得反胃。"小河马"的母亲也是，把头伸到船舷外吐了。

结果三个人下了船，到租船店里去了。

"我们可能会先坐电车回去啊。"

"小河马"的母亲冲着朝海上开去的船喊道。她的眼睛和嘴唇微微上吊着，刚刚呕吐过，血色还没有恢复过来，看起来仿佛是个不到二十岁的、显得有些难以接近的小姑娘。也许是那盏上面印着租船店店名的提灯，在一瞬间，把一个四十三岁的女人变成了这样。

"要不我也下去吧。"

"小河马"有些不安地说。

"要是累了，就吃些晕车药，到船舱里睡一会儿吧。"他妈妈说着，无力地挥了挥手。这也是我最后一次看到"小河马"的母亲。

在驶到明石海之前，船一直剧烈地摇着。直到朝阳的光束开始在海面上一点点扩散开来的时候，船身才渐渐稳了下来。

我跟儿子还有"小河马"就用小鹤、小铁帮忙准备的钓竿。

光是绕线轮的使用就练习了好多次。引擎的声音渐渐变小的时候，我们放下了钓钩。海风把大家的鼻子都吹红了，也夺走了我们手指的知觉。

想钓的鱼，连小鹤和小铁也没能钓上来一条。上钩的都是些带黄色条纹的寒酸小鱼，他们看了看又全扔回海里去了。

船长准备换个地方钓，把船往更远的海上开去。太阳已经升上来了，我的手指渐渐恢复了感觉。

"这里的海很深啊。"小鹤说。

"得有七十米吧。"船长说着，从船舱中拿来了更粗的钓竿。鱼饵和绕线轮也换了。

"在钓到鲽鱼之前，我们就钓深海鱼吧。"小鹤说。

"深海鱼？腔棘鱼之类的？"

"小河马"欢呼起来。

"腔棘鱼是什么？"

小铁看到"小河马"正从船舷探出身去顺着钓线往下望，怕他不小心掉到海里，伸手抓住了他的夹克，问道。

"就是传说中的鱼啊。是活化石呢。"

"那种东西能在明石的海上钓到吗？"

小鹤笑着说。这时，"小河马"那里有鱼上钩了，手中的钓竿猛地弯了下去。

"好嘞，是深海鱼哦。从几千米深的一片漆黑的深海里钓上来的哦，一定很好吃啊。"

小铁绕道"小河马"身后，教他收线。

"小河马"跟鱼较上了力，一会儿屁股着地，快要坐到甲板上了，一会儿钓竿都险些被扯得脱手，最后终于钓上来一条土黄色的鱼。是条鬼鲉。

"哇，真的是深海鱼啊。"

小铁小心翼翼地去摘鱼钩，"小河马"兴奋地拍着他的背，惊讶地跳了起来。

"要是被它头上的刺扎到就不得了了。"

"呐，小铁，这家伙真的生活在几千米深的海底吗？"

"小河马"问道。

"是啊，就像你一样啊。"

听了小铁的话，小鹤仰天大笑起来。"小河马"拉下厚夹克的帽子，一脸愤怒地喊着什么。这时候我儿子那边也有鱼上钩了，我、小鹤、小铁的注意力都被那边吸引过去了。

"啊，你说什么？"

小铁再问他的时候，"小河马"的神情已经平复了，只是一直在喊着"深海鱼"。

"真厉害啊。这么大的鬼鲉可不多见啊。"

我儿子钓上来的鬼鲉足有三十厘米长，比"小河马"钓上来的那条还要大些。

不过鬼鲉也只钓上来这两条。大概两个小时后，水下的鱼情就变了。

船用很快的速度往西驶去。"小河马"出神地盯着钓上来的鬼鲉，最后说：

"深海鱼，还真脏啊。"

可能是引擎声太大、风也太强的缘故，谁都没有回应他。也可能只有离他最近的我听到了这句话。

比预想的时间还多花了一个小时，我们才钓上来第一尾鲽鱼。这次总共收获了四条鲽鱼和两条鬼鲉……就到此为止吧。听了小鹤的话，船长把船掉头，向东开去。

回到港口的时候，我妻子和大儿子，还有"小河马"的母亲都已经不在那里了。他们坐电车到神户，一起吃了中华料理，然后回大阪了。

两周以后，"小河马"一家就搬走了。我们只知道他们搬到了和歌山。我觉得，按他们一家的性格来说，至少会到我家打声招呼。既然他们没有这么做，也许是出了什么不得了的事吧。

第二年的五月，事件发生了。

住在和歌山市内的一栋出租公寓里的一户人，家里有两个人被人用菜刀刺死了。当然，一开始，这种事件也不会被大张旗鼓地报道。

不过，当我看到这则新闻时，后背顿时冒出了一股异样的凉气，一时间竟然无法做声。

报道上说，被杀的人是白桦映子和川合铁次，与他们同居的堀田鹤男供认犯人是自己。但第二天早上，相关的报道却占据了更大的版面。上面说，由于堀田鹤男的供词有许多与事实不符之处，警方正在对白桦映子十四岁的儿子进行审讯。

最后，周刊杂志和电视节目开始大肆报道这一事件。一个十四岁的少年用刀刺死了睡着的父母，而另一个与他们同居的男人要替他承担罪行。事件本就十分诡异，而媒体为了吸引读者的眼球，更是将重点放在了他们一家的奇怪组成及其背后未解的真相上面。

很久之前，少年还没出生的时候，被害人与堀田鹤男就一直在同居生活了。母亲生下孩子时，也不知道哪个人才是孩子的生父。而且后来，他们还继续过着这种怪异的同居生活。

少年面对调查人员的审问，只是回答"不知道"。问他的父亲是谁，他回答"不知道"。问他是谁杀了两个人，他也回答"不知道"。问他犯人是堀田鹤男还是他自己，他还是回答"不知道"。

不过，少年身上带着大量喷溅出的血迹。而且，在案发时间，少年就在隔壁的房间，而堀田鹤男则是在附近的柏青哥店里，有店员可以作证……

几份报纸和电视上的报道，简单概括起来就是以上的内容。

每次电视上播放跟这个事件有关的内容时，我们一家就会马上换台。

不可思议的是，"小河马"的朋友们全都对这个话题避而不谈。妻子也好，二儿子也好，大儿子也好，听到有人提起"小河马"这个名字的时候，都会不露声色地刻意躲开。

没有报纸说堀田鹤男已经被确定为犯人，也没有明确说这起案件就是少年犯罪的报道。关于这件事的报道渐渐少了，不知道从什么时候起，已经完全看不到了。虽说可能存在一些对于十四岁少年犯罪的法律方面的顾忌，不过如果"小河马"承认是自己杀了两个人的话，媒体上也一定会出现相应的报道。但，仅凭那些报道的内容来猜测，很有可能在相当长的一段时间内，有关这个案件的核心内容，"小河马"都只是在回答"不知道"吧。

事件已经过去六年了。二儿子复读了一年之后，今年也考上了大学。六年来，有时候我也会考虑要不要去和歌山警察局打听一下"小河马"和小鹤在那之后的情况。这样的念头出现过好几次。

不过每次有这种想法的时候，我都会像亲眼目击到一样，把很久以前附近发生的那起事件在心里描述一遍。

那个年轻的太太会用手紧紧地握住刀刃，也可能不全是出于那种母亲保护婴儿的本能。那个持刀的青年，之所以会竭尽全力把刀夺回去，可能也不仅是因为吓了一跳而想要逃走吧。

人类有时就像这样，会做出一些毫无理由又无法解释的行为。

我没去和歌山，也不仅仅是出于这个原因。是把鬼鲉当作深海鱼钓上来的时候小铁对"小河马"说的那句话，还有当时"小河马"对这句话的微妙反应阻止了我。

不管怎样，就算把场合选得再巧妙，在那种非同寻常的环境中长大的还只有十四岁的少年，什么都说不出来也是正常的吧。无论是谎言，还是真相。

在路上起舞

踏上这条以中国西安为起点，全长足有六千七百公里的丝绸之路的第二十八天，我抵达了位于新疆维吾尔自治区西南部一个叫做莎车县的地方。公元前六十年的时候，这里被称作莎车国，是个水土丰饶的绿洲之都。现在，它成为了中国境内沙漠边缘的一座城镇。

白天里，沙暴很难得才会静下来，这时候，在郊外还能够眺望到昆仑山脉的雪峰。渡过叶尔羌河再往东走一段，就是那片被维吾尔族人称为"死亡之海"的塔克拉玛干沙漠。它巨大的嘴巴吞吐着更东方无际的地域。

从莎车县往塔克拉玛干沙漠去的柏油路到处都坑坑洼洼的，驴车、绵羊、山羊还有旧卡车在路上来来往往。

这里的人，眼睛是蓝色的，又有金色的头发，相貌轮廓很深。明显和我们还有汉族人有区别。

柏油路挤在望不到边的白杨树中间。才过了上午十点，地表的温度就已经升高到近七十摄氏度了。越是靠近沙漠，路上的车子越少，贫穷的小村落在热风中回归了宁静。

在村尽头那条滚烫的路中间，我看到了一对母女。

从远处望去，她们仿佛两只白蝴蝶。车子开近了，我才看清：啊，原来是两个人。我的脑海中刚刚涌现出"这对母女在热得快熔化的柏油路上做什么"的想法，但就在这个瞬间，在茫然的感觉攫住我身体的同时，我又有了另外一种感觉，就像自己那快要干涸的身体里蓦地涌出了一股清泉。

那位母亲是盲人，腿脚也不好，她跪在那里，听到车子开近了就直起腰来。她抬起双手、张开手掌，做出乞讨的动作。那个七八岁的小女孩，在她妈妈身边开心地跑来跑去。

母亲的手摇着，小女孩又跑动着，于是我从远处看，她们就像蝴蝶一样。

来往沙漠只有这一条路，所以我们的车子从这对乞讨的母女身边路过了两次。不过，来回都没有人给过施舍的样子。

回来的时候已经快到下午一点了，气温已经超过了四十二摄氏度，不过小女孩的笑容却没有丝毫疲态。

只是和母亲一起就那么开心……女孩的举动如此无邪，只在母亲身边玩耍，都不会抬头看看路过的车辆。

这天，我从莎车县回到喀什。第二天一早我们出发，在塔什库尔干住了一晚后，翻过海拔五千米的红其拉甫口岸，穿过喀喇昆仑山和峡谷，朝着巴基斯坦的罕萨方向前进了。不过，那位盲人母亲和小姑娘如同蝴蝶一样的身影，却还没在我的脑海中消散。

一定是绿洲、沙漠和众峰的精灵（或许是神明）们为了唤醒已经开始对工作和人生产生倦怠的我，才让三十九年前的那对母女从天而降出现在我面前的。我不由得这么想。

刚上小学五年级不久，我就被托付给住在尼崎市的姑母照顾，在她家住了大约一年。

父亲的事业失败，连住的地方都没有了。他欠了别人很多钱，又还不上，只好去躲债。除了把儿子托付给自己的妹妹之外，也找不到其他办法了。

母亲决定到北新地的一家餐馆做服务员，同时也负责清洁。定下这件事的当天，我和父母一同乘公交去姑母家。

姑母突然被拜托照看我，觉得有些为难。十一岁的我直到看到父母好几次向她低头恳求，才明白到底发生了什么事。之前我还觉得，在姑母家办完事之后我们就还会乘公交回大阪。

姑母没结过婚，却要帮我父母带孩子。她也穷。父亲的事业开始衰败的时候，她朝父亲要了一笔钱，装修了一下租来的房子，经营起一家日式煎饼店，已经有两年了。

不过这种小本经营也没赚到什么钱。白天客人少，姑母就把店关上，坐半个小时公交车到甲子园球场附近的医院当清洁工。

"反正我一直都是被哥哥关照。既然只是半年时间……"

姑母终于应了下来。我在三叠大小的微微有些霉味的阴暗房间里抱膝坐着，靠着墙。我不想对上父母的目光，一直垂着头。

母亲说，你也多少能理解吧，虽然往后的半年会觉得寂寞，不过还是要听姑母的话，尽量别给人家添麻烦。她说，已经办好了转学手续，转到这边附近的小学念书。新学期开始之后，你就作为五年级学生去上学。虽然一家三口应该很快就会重新一起生活，不过，在那个小学里一直念到毕业比较好。又说她一个月会有两次休假，一定会过来见我……

她在我面前端坐着，摩挲着我的肩膀和手臂，如此说。我紧紧盯着榻榻米，没有回应。

父亲站在我面前大吼，你就不能明白不得不让自己的亲生儿子寄人篱下时父母的心情吗，打了我的脸。

"我，讨厌这里。"

我哽咽着说。倒不是讨厌姑母家。我是讨厌尼崎，讨厌国道二号线以北的街巷，讨厌那些酝酿着芜杂和贫瘠的全部风景。

母亲慌忙捂住我的嘴，又用后背护住我，挡住了父亲朝我打来的拳头。

直到他们离开姑母家，我依然蹲在墙边，动都没动。

"去送送爸爸妈妈吧。他们应该还在公交站。"

姑母的声音说。她的声音里有几分来自贫穷的无奈，但并无恶意。我马上起身蹬上帆布鞋，穿过充斥着水沟臭气的巷子，跑到国道二号线旁的路上。父亲和母亲坐上的那趟公交车从我面前驶过，往大阪的方向去了。

一到三月，尼崎傍晚的天空就被那些工厂烟囱里喷出的红色和黑灰色的烟遮住了。它们并不混杂，好像是天上的断层一样。

李先生一家拖着二轮车回来了，车上堆满了铜线和纸箱。李先生他们住在姑母隔壁，虽说是靠回收废品为生，不过他家大部分收入都是靠私酿浊酒来的。

父亲很喜欢他家的酒，每次来姑母家必定会买上两升带回去。李先生一看到我，就用生涩的日语说，这次酿的酒正是最好喝的时候。

李先生夫妇有三个儿子。长子十八岁，在阪神电车尼崎站附近新开的一家柏青哥店里工作。次子上中学二年级，休息日里，他会接替父亲，拉起拖车，摇着铃铛，给家里帮忙一整天。小儿子和我同岁，是"阿童木侦探团"的团长。

我不知道"阿童木侦探团"究竟是个什么组织。不过这附近的孩子们都想加入，而且他们好像都很喜欢团长李正嬉，常常会把奶糖啊口香糖什么的送给他。

李正嬉大概是被父母和哥哥骂了，一早就开始帮忙做回收废品的事。这会儿他边搔着冻伤的右手手指边往电影院那边走，看到我，就朝我招招手。

"你有个软式棒球吧，现在还有吗？"

我点点头。

"阿童木侦探团要组织一个棒球队，那个球就借给我吧。"

虽然他嘴上说是借，不过那种居高临下的口吻跟直接讨要也差不多。

我回答，虽然那个球没丢，但现在没带着。应该也没在家里，我解释说。

"啊，你是和姑姑一起生活啊。你妈妈给你放在哪儿了吧。"

"我没拿出来玩过。可能在带来的行李里面。"

正嬉要我马上去找。我们便往姑母家的方向跑去。

"把球借出来的话，就让你加入棒球队喔。"

我边跑边问他这话是否当真。

"这边没人有球。商店街后面那个叫金什么的有。那家伙有三个，不过他是北边的，肯定不能让他进队。"

"北边的？"

"北朝鲜啊。北边是我们的敌人。"

我不知道这话是什么意思，不过要是能加入他们的话，把我那个心爱的棒球借出去也没问题。

球在母亲提过来的那个大布袋里面，和我的毛衣、裤子还有内衣放在一起。

正嬉紧紧抓着球，跨上自行车，对我说，上来。

"去哪儿？"

"去武库川那边。朴在做手套，再有三个就够全队用了。"

"队员全都是朝鲜人？只有我一个是日本人吗？"

"算上你一共有四个日本人。竹内、相原、寺井，还有你。竹内是投手，我是捕手。寺井买来了专用的手套。"

"我会投曲线球喔，用左手投曲线球。"

"好啊，这样，你先去帮忙防守，竹内状态不好的时候你就上。"

顺着国道二号线往神户的方向走了大概有十五分钟，正嬉放慢了速度，挑小路走，之字形前进。离武库川还有相当远的距离，我问他为什么要故意这么走。

"要是径直走，就到了北边的家伙们聚居的地方了。他们有人说要把我打个半死。"

"为什么打你？"

"我哥哥啊，蒙了个北边的女人。"

"'蒙'是指什么？"

正嬉蹬着车，回过头来，一副吃惊的样子说，你连这个的意思都不懂吗。不过让他具体解释，他也觉得有点挠头。

"无所谓啦。总之，跟'骗'差不多吧。"

他又把车骑回到国道上，说再有十五分钟就到朴的家了。

这时，我听到前面好多辆小汽车和卡车在鸣喇叭。好像前方发生了什么，路被塞住了没办法前进，司机们纷纷从车窗探出头来。

那些停着的车前面有白色的东西在舞动。我在正面照过来的昏暗的夕晖中望过去，仿佛是只很大的蝴蝶。

"又在那里……她们迟早会被轧死的。"

正嬉说。

走近了些才看清，前面的是个大概比我小三四岁的白净的少女，还有一位和我妈妈同龄的四十多岁的女人。司机们一脸不耐烦地把她们往人行道上拖，嘴里说着什么：

"真是搞不定你们这种不要命的乞讨。"

"能撞你们的话我也想撞啊，但又不能这么做。"

女人的双眼是浑浊的白色，右腿自膝盖以下空荡荡的，只是靠着听觉分辨别人的方向，把手朝他们伸过去乞讨。少女在母亲身边微微笑着，和人们投来的怜悯目光对视。

母女两个都穿着茶色的毛衣和黑色裤子，衣服已经很脏了。但我想不通，为什么我觉得她们看起来像白色的蝴蝶呢？

从她们身边经过的时候，我对上了少女的视线。在她母亲的膝前，有一个五日元的硬币和三个十日元硬币。

"那孩子脑子不太正常吗？"

我问正嬉。正嬉摇头道：

"是和我同校的二年级学生。一年级的时候她大概就上了十天学，之后就没去过学校了。"

武库川的堤坝旁排着十几间板房小屋。正嬉跟我讲的那个正在把抹布缝起来自制手套的朴，这会儿已经拖着他父亲的推车出去做生意了。

踏上归途的时候太阳已经落下去了。也没看到那对母女的身影。

暑假到了，父母并没有来接我。

这之前，母亲在每月两次休息日的时候一定会来看我，不过六月末之后就再没来过了。因为债主们知道我寄住在姑母家，开始到这边等着讨债了。

我觉得附近那个十二户共用的公厕很可怕，所以总是骑自行车到小学里面上厕所。

那个公厕只要还没变得特别脏就不会有人去打扫。虽然已经安排了轮班制的清洁，但并没有人会照做。

即使是在白天，如果不把那里的小灯泡点起来，在里面也是什么都看不见的。哪怕是强壮的年轻人进去也会被刺激得不住咳嗽，那里面涌上来的刺激性气味会立刻烧灼人们的气管。

正嬉告诉我，用作公厕的这个小屋原先是战争时为了防备空袭而盖起来的仓储间，是用黏土盖成的，密封性很强。

正嬉比我还要害怕这个公厕。他说，在他刚上小学那年的十二月，有人把一个女人的头和身体沉到了厕所里。

"手臂和腿都没找到呢。总觉得还在那底下，会突然冒出来抓我的屁股。"

晚上正嬉实在憋不住要去厕所的时候，就要我陪他去学校。

我们得不让值班人员发现，偷偷潜入学校里，正嬉会划亮从家带来的火柴照着，然后上厕所。等他的时候，我就望着不远处的值班室。

这么做了有三四回吧，后来我想上厕所的时候，也会喊正嬉陪我去。

暑假还剩下十天的时候，正嬉又陪我到学校里上厕所。站在门那边，他说：

"那家伙的名字叫尾形春子。"

"那家伙？谁？"

"就那个乞讨的。她们在武库川的桥底下生活。前一阵花火大会的时候竹内看到的。她们把木板立起来然后围上，就睡在那里面。"

"你怎么知道那个人的名字？"

"阿童木侦探团调查过了啊。"

我虽然加入了棒球队，但那个阿童木侦探团却不让非朝鲜人加入。

"昨天是六日元。今天是二十一日元。"

正嬉说。是那个盲眼母亲收到的施舍钱数。

第二天下午，我和李正嬉在电影院前面会合，沿着国道二号线旁的柏油路往武库川方向走。

因为朴顺一来报告说，那些"北边的家伙"似乎时不时地会去偷施舍给那对母女的钱。

正嬉虽然发出了"召集令"，不过这天阿童木侦探团的六个团员却不巧都有事。

朴得去修理他父亲那辆推车的车轮，金和柳那两对兄弟去参加和他们有亲戚关系的一个女性的婚礼，昨天就去大阪了。剩下的一个有点怕"北边的人"，没敢出门。

虽说我已经在尼崎生活了五个月，不过还没能理解朝鲜人中"北"和"南"的区别。

总之他们关系很差。而且那好像是个蛮复杂的政治问题……对于小学五年级的我来说也只能理解到这个程度。

只不过正嬉和他哥哥一直跟我讲，"北边的"那些人，不论是大人还是小孩，行为都很粗暴。

我倒是没被他们欺负过。不过我也不愿意同他们发生争执。之所以我会答应正嬉一同去看看那对母女的钱，是因为他和我约好，如果我和他一同去的话，今天他也会陪我一起去见我母亲。

我很想见母亲。前一天晚上我俩一起去学校回来的路上正嬉说，虽然我们没有坐公交的钱，不过他准备和我走去大阪。

柏油路都快熔化了。工厂冒出的煤烟在灼热的路面沉淀。

"要是我们看到北边的人偷钱，怎么办？"

我问正嬉。正嬉想了一下，没有回答。

"告诉警察可以吧。"我说。

"警察会和我们作对的。"正嬉说。

"那孩子也是朝鲜人吗？"

正嬉摇头，告诉我那对母女都是日本人。

我们大概走了一个小时，终于到了那对母女乞讨的地方。太阳晒着。

那边排着三间没有窗户的铁皮顶的屋子。离它们大约两米左右靠近车道的地方，那个母亲正歪着头侧耳听着，一有车辆靠近，就把双手高高举起来，朝着一辆接一辆驶过的汽车，伸过去。

大部分汽车都无视她们径直开过去了。不过有些很宽大的卡车，遇到对面有车过来，只得在这边停下。

那个母亲就会一言不发地抬起头来，朝着卡车司机伸出双手。

有些人破口大骂。也有些人不知所措，一副嫌恶的样子把车倒回去。

那个名叫尾形春子的少女把手撑在她妈妈肩膀上，无忧无虑地盯着司机们看。她的表情里完全没有阴郁的感觉，也看不出羞耻，也没有那种智力或精神异常造成的迟钝感。

我和李正嬉躲在离她们差不多有五十米远的电线杆后面，视线注意着旁边的巷子，身体也紧绷着，随时防备着"北边的家伙"出现。

路过的人偶尔会不经意地瞟到她们，不过那充其量也就是对路边的什么物体投去的一瞥。

"北边的家伙。"

过了差不多三十分钟，正嬉突然说。三个看上去比我们年长一些的少年从巷子里走了出来。

不过他们从母女身边走过，到国道的另一边去了。这时其中一个朝着少女喊道：

"春子，往后退一点，不然很危险啊。"

少女凑到母亲身边小声说了些什么，就见她母亲摇了摇头，伸出手去，摸索着帮她重新系了系鬓边的红色发带。少女摸着自己的发带，很高兴的样子，单腿跳着在母亲周围转圈。

"那些北边的，好像没打算去偷钱吧？"

我对正嬉说。正嬉说，现在肯定还没人给她们钱呢。

"你过去看看。"

他说。如果没钱的话，我们就得一直守着，直到有人施舍为止了。

我从电线杆后面出来朝那对母女走去。那位母亲听到脚步声，转过身来面对着我。我仔细察看她们周围的地面，连一日元都没找到。

但我却回去骗正嬉说：

"有三个十日元的硬币在那儿。"因为我想尽早出发去我妈妈那里。

我和正嬉原路返回。再次回到电影院的时候，已经过了三点钟。

我先回姑母家喝了口水，然后顶着烈日再次出发了。

"到大阪要多久？"正嬉说。

"两三个小时吧。"

"你知道你妈妈在哪儿吗？"

"应该是在樱桥和梅田新道之间吧。"

"只有这点线索，能找到吗？"

正嬉嘟囔着，停下了脚步。就在这个瞬间，我猛然发现，在自己眼前延伸的这条盛夏中的柏油路令人绝望地看不到尽头。在前方等待着我的只有寂寞。

不过，之后我们还是又走了半小时左右，快到大物附近的时候，我回头对正嬉说：

"回去吧。"

"嗯，去了也未必能见到，挺傻的。"

正嬉说，悄然转过身，故意背对着我。

"要是没人给她们钱的话，那些人，又会怎么做呢？"

我低着头，拖着沉重的步子跟在正嬉身后，一边说。正嬉一直没说话。之后我也没再开口，一直走回到姑母家。

我和李正嬉最后是在同一所小学毕业的。不过在毕业的一年前，刚上六年级的时候，我又重新和父母一起生活了。之后我每天从大阪市福岛区坐公交到尼崎上学。

和父母重新一起生活的三个月后，我听说那个盲人母亲死了。

李正嬉和朴顺一都说她到底是被车轧死了，不过住在母女乞讨地附近的同级学生却说不是那样。说是某天快到傍晚时，她还像往常那样乞讨的时候，突然朝前倒下，就那样没了呼吸。

"春子现在怎么样？"

正嬉问那个学生。那人回答说看到有两个市政府的人到武库川的桥下去了。

那天我和正嬉从学校溜出来去武库川桥看了看，不过没看到春子。

在河滩上玩棒球的"北边的人"发现了正嬉，围了过来。他们先打了正嬉，又打了我的肚子和嘴巴。我和正嬉的嘴唇都破了，衬衫上都是血，最后跑掉了。那之后我们再也没往桥下去过。

李正嬉的表哥在大阪今里经营制铁工厂，正嬉高中一毕业就到他的公司去了，之后又到房产公司工作，还在北新地当过俱乐部的经理。十年前，正嬉到尼崎车站前开了一个烤猪内脏的店，一直经营到现在。我之前每年都会去他店里两三次，不过我讨厌他酒品太差，和他绝交了。后来有三年左右没见过面。

去年秋天，李正嬉带着他和日本妻子生的大女儿来见我。

他来拜托我在她大女儿的婚礼上当介绍人。对方是日本人，他女儿想趁这个机会加入日本国籍，不过正嬉没同意。

眼看我都要被卷入他们父女的争执中去了，不过到底我还是挺喜欢这个和我一起长大的家伙，于是答应去当介绍人。

又不得不听了半天他女儿要入籍的想法，然后正嬉问我，还记得尾形春子这个名字吗？

"尾形春子……？"

"就是那个乞讨的女孩。"

我脑海中浮现出那个盲人母亲和片刻都不离开她身边的少女的身影。

"朴又见到她了。就在十天前。"

"在哪儿见到的？"

"武库川前边，国道二号线旁边的那条路那边。"

朴顺一原先就住在板房小屋那边，现在还住在那里。二十五年前那些板房小屋就拆掉了，变成了一栋五层的公团公寓。朴就住在三层，和他年迈的父亲、他妻子还有两个女儿一起生活。

十天前的早上，朴顺一开车把自己还在上中学的二女儿送到车站去，随后顺路到他常去的咖啡店喝杯咖啡。

咖啡店距离那对母女以前乞讨的地方不足十米。

朴无意间朝窗外望去，看到一个四十五六岁的小个子女人，捧着一束花站在那儿。

然后她把那束花放在咖啡店和便利店中间的一小块空地前面。

把花放在路上，就表示那个地方曾经发生过有人丧生的事故。朴问咖啡店的老板最近有没有发生过这种事。老板歪着头想了想，回答说，最近十年，这边都没有死过人。

女人久久地盯着那束花，然后站在人行道和车道的交界处，出神地看着周遭的景色。

朴顺一"啊"的一声，小声说：

"是春子。"

他从咖啡店出来，走过去问她为什么要把花放在这里。

她没解释理由，只是说，如果给您造成麻烦了，就把花拿回去。

朴说，这块空地不是自己的，也不会有人觉得困扰。又问她，你大概就是四十年前左右在这里的、那个眼睛不太方便的母亲的女儿吧。

她默默地看着朴，露出了微笑，随后脸颊微微红了。她轻轻地行了个礼，就穿过国道，往阪神电车车站那边去了。

她的样子看上去既不是特别贫穷，也不像有多富裕，但给人一种很优雅的感觉。如果不是那种拼尽全力活下来的人，是不会拥有那样的气质的……

李正嬉听了朴的讲述，拍着桌子说：

"跟你说，那个人，绝对就是春子啊。"

他这么说着，泪流不已。

后　记

做小说家有二十年了。

这期间写下的短篇小说，算上这本《烧船》中收录的几篇，总共有三十六篇了。

这些小说，除了两三篇之外，基本上都是三十张四百字稿纸左右的篇幅。

过去教导我写小说的先生讲，不能把三十张稿纸篇幅的短篇小说写好的话，说到底也就是个二流作家。这句话一直留在我心里，成了一个难以打破的规则。

虽说只有三十页纸。但正是因为要把故事凝缩在三十页之内，所以夸张地说，对我而言，写一篇短篇小说就像把一滴血硬挤出来那么辛苦。每每刚写完一行，我就立刻会感觉到绝望的痛楚。

但是，倘若在作品的某个地方不小心显露出作家的辛苦来，那么把它凝缩在三十页内就失去了意义，这篇稿子也就变成那种应该立刻弃如敝屦的作品了。

因此，哪一行是没必要的，哪句话是多余的，哪里存在不足，我绞尽脑汁琢磨推敲，有时反而让作品的世界变得狭小了，会使故事变得不再从容，还会让形式变得过于讨巧。很难避免陷入这样的陷阱。

有句话叫做"水随器物而有形"，所以如果把短篇小说比作水的话，最好的状态就是让它失去本来的状态，根据喝下它的人的感觉，有时显得浓，有时又显得淡吧。

我觉得那才是最好的短篇小说，于是按照这个标准要求自己，写下了《烧船》中的七篇。

它们是六年前出版《盛夏之犬》以后写下的。这六年间，我的身边也发生了许多事情。

我想，母亲的死尤其影响了这七篇小说。

随着时间的推移，作为"子"的我，和"母亲"之间的距离渐渐拉远了。母亲死后我读到的日莲和尚的一段话让我对这一点领会得更加深刻。

"父母之赤白二渧，和合以成我身。宿母胎内，二百七十日，九月之间，有三十七度死之苦。生落时隐忍之念，自顶出烟达于梵天。生后饮乳一百八十余石，三年间游于父母膝下……"

生而为人，必须报答三种恩情，"父母之恩"就是其一。但它所表示的并非是"礼仪"或"道德"的问题。

如若"生"本身与怜爱他者的生命力常在我心中不断研磨，那么在这几年之内，我一定已经再次培育出了那种必然的勇气——那种继续写下属于自己的小说的勇气。

最后，文艺春秋的汤川丰和村上和宏两位先生为《烧船》的出版做了许多工作，请允许我向他们致以谢意。

一九九六年四月二十四日

宫本辉

读书人

SHORT CLASSICS
短经典精选